译丛

Every Day the River Changes
Four Weeks Down the Magdalena

Jordan Salama

译丛 | 罗新 主编

哥伦比亚之旅

行走在马格达莱纳河畔

〔美〕乔丹·萨拉马 著

王眉 译

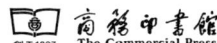

Jordan Salama

EVERY DAY THE RIVER CHANGES:

Four Weeks Down the Magdalena

Copyright © 2021 by Jordan Salama

First Published by Catapult

This edition published by special arrangement with Catapult

in conjunction with their duly appointed agent

2 Seas Literary Agency and co-agent CA-LINK International LLC

对《哥伦比亚之旅：行走在马格达莱纳河畔》的赞誉

《科克斯书评》（*Kirkus Reviews*）2021 年度最佳图书

入选《户外》杂志（*Outside*）读书俱乐部精选图书

入选《纽约时报》（*New York Times*）假日旅行图书榜

这本书不仅是旅行文学中的翘楚，也不仅仅是一个能够澄清被误解文化的窗口；它还是一本充满良知和开放心态的书……能够（虽然是间接地）品读这位前途无量的作家在这一生动旅程中的收获是一种荣幸。

——《科克斯书评》

这是一部令人着迷的旅行见闻……作品中的描写既曲折复杂又有着令人心碎的美丽，充满了仁慈和博爱的情感。

——《出版商周刊》（*Publishers Weekly*）

这部作品用巧妙的手法讲述了沿河而居的人们的历史和故事，发人深省，引人共鸣……它是一部引人入胜的 21 世纪旅行文学作品。它提醒我们：最好的旅行并不一定如同史诗中的冒险，而是一个结交新朋友并发现自我的契机。

——埃琳·伯杰（Erin Berger），《户外》杂志

从一个独木舟建造者到一群研究入侵河马的生物学家，以及一位移动图书馆管理员，萨拉马通过新颖、清新和美丽的叙述，将你带入这个世界的一部分，远离通常与之相关的负面联想。

——布里安娜·威尔逊（Breanna Wilson），《福布斯》杂志（*Forbes*）

萨拉马的深刻观察让读者对哥伦比亚有了深入而细致的了解。

——《书单》杂志（*Booklist*）

I

一本在混乱动荡的环境和政治背景下的关于社会和文化生存的动人之作，同时也是一篇深具抒情色彩的成熟文学作品……这本令人赞叹的著作预示着非虚构叙事文学界中一个令人振奋的新声音的诞生。

——汉娜·乔伊纳（Hannah Joyner），书评网"海堤上"（*On the Seawall*）

这本书在重现地点和旧时光方面极其精准，值得获得尽可能广泛的读者群。萨拉马的这部作品是旅行文学的胜利……眼界清晰而开放，兼具新闻性和深刻的人性关怀，是一个澄清被误解文化的窗口……阅读它是一种享受。

——比尔·汤普森（Bill Thompson），《查尔斯顿信使邮报》（*The Post and Courier*）

如果你喜欢蜷缩在扶手椅里旅行，那么这本书会令你兴奋地紧紧抓住椅子扶手，心怀期待和悬念。在他勇敢地穿越哥伦比亚中部的旅程中，从传奇的马格达莱纳河源头到入海口，乔丹·萨拉马发现了马尔克斯式的奇迹，以及对地球未来的可怕但令人敬畏的预示。

——伊恩·弗雷泽（Ian Frazier），《颅骨压裂》（*Cranial Fracking*）的作者

乔丹·萨拉马以一种细致入微的笔触和探险家的态度写作，这是令我们许多人羡慕的；这本引人入胜、大胆的处女作预示着未来还有更多的杰作值得期待。他已经展现出自己是一位作家，具有罕见的（且鼓舞人心的）精神，致力于向我们呈现这个世界。

——比科·耶尔（Pico Iyer），《安静的力量》（*The Art of Stillness*）的作者

我读了这本语言流畅且构思巧妙的游记，它是对马格达莱纳河从其文化、政治和地理层面的深刻个人思考。读后心中充满兴奋之情，仿佛睡醒后迎来一个全新的世界。乔丹·萨拉马是一位才华横溢的作家，这部作品是一个很大的成就。在未来的岁月里，我将阅读他的所有作品。

——杰伊·帕里尼（Jay Parini），《博尔赫斯与我》（*Borges and Me*）的作者

推荐序

把一篇为学士学位证书而不得不提交的本科毕业论文,写成一本名列各大榜单的畅销书,是不是近乎神话?乔丹·萨拉马(Jordan Salama)做到了。2018年春夏之际,作为普林斯顿大学西班牙语和葡萄牙语系三年级学生,21岁的萨拉马面临提交毕业论文计划并于下一个学年完成毕业论文的重大挑战。他记起两年前初访哥伦比亚时,好几个当地人建议他去看看马格达莱纳河(Rio Magdalena),说只有理解了这条河才能理解哥伦比亚,于是他想把马格达莱纳河当作毕业论文的主题,因为这个主题可以同时满足他在拉美研究、环保和新闻学三个领域的兴趣。

计划得到批准并获得学校给予的旅行资助后,萨拉马在2018年暑假前往哥伦比亚,用四周时间,从马格达莱纳河源头出发,沿河而下,直到三角洲与加勒比海交汇处,完整地考察了一遍。返回学校,萨拉马立即着手把一路所做的笔记转化为计划中的毕业论文,而这篇论文竟出人意料地发展为一本高质量的旅行文学书稿,并且在他2019年大学毕业之际获得出版社的青睐,最终就是这本出版于2020年的《哥伦比亚之旅——行走在马格达莱纳河畔》(*Every Day the River Changes: Four Weeks Down the*

Magdalena)。

马格达莱纳河是南美洲北安第斯山脉的最大河流，自南而北，在安第斯山汇聚众流，向下穿越森林和平原，最后流入加勒比海，纵贯哥伦比亚西半部，全长约 1 528 公里，流域面积达 27.3 万平方公里。据相关资料，马格达莱纳河流域面积占哥伦比亚全国面积的 24%，流域人口却占全国人口的 66%。这里有哥伦比亚最丰富的自然与人文多样性，可以说是哥伦比亚的母亲河。拉美最伟大的作家之一，以魔幻现实主义载入史册的马尔克斯（Gabriel García Márquez），就生长在这条河的三角洲地带，他的多部小说，如《百年孤独》和《霍乱时期的爱情》，其灵感都直接来自马格达莱纳河流域多姿多彩的历史与传说，在他看来这条河"只是记忆中的一个幻影"，他的所有作品中随处可见马格达莱纳河的现实与隐喻。正如评论者所说，魔幻是对抗恐惧与不确定性的解药，现实透过魔幻的哈哈镜而得以聚焦，魔幻现实主义的动力和目的都是现实。而马尔克斯晚年说过这么一句话："如果说我愿意再年轻一次，那一定是为了能够搭乘货船在马格达莱纳河里溯流而上。"

数千年来生活在这条河东西两岸的南美土著各人群对它的称呼非常多样化，西班牙征服者于 1501 年 4 月 1 日给这条河命名为"Rio Magdalena"，取自《新约》中耶稣的追随者抹大拉的马利亚（Mary Magdalene）的姓氏（这个姓氏源于她家乡的名字 Magdala）。正是利用了这条大河的适航性，征服者得以从加勒比海岸深入南美洲大陆的北部。也正是这条大河的适航性，孕育了哥伦比亚 20 世纪前半期的黄金时代。

然而，由于过去半个多世纪的掠夺性经济开发与血腥的国内政治军事冲突，马格达莱纳河流域经历了严重的环境退化与经济萧条，两岸森林消失，土壤随着雨水进入河流，造成泥沙淤积，适航性大大衰减，河流改变使得整个流域的动植物多样性面临威胁，沿河城镇的经济与社会发展快速倒退。左翼游击队与右翼准军事团体之间的冲突，以及贩毒集团的有组织犯罪，在长达半个世纪的岁月里，肆意践踏着哥伦比亚，使之窒息在导致约22万人死亡的暴力时代。如同整个哥伦比亚，对外部世界来说，马格达莱纳河流域可谓声名狼藉，毒枭与游击队成了最抢眼的标签。不过，随着2016年国内和平协定签署，暴力冲突和政治紧张有了相当程度的缓解，脆弱但充满希望的和平出现了，哥伦比亚和马格达莱纳河有可能迎来久违的复苏。就是在这样的时代背景下，年轻的乔丹·萨拉马在2018年开启了他顺流而下考察这条伟大河流的旅程。

这一旅程种因于2016年的暑假，萨拉马作为国际野生生物保护学会的短期实习生在哥伦比亚度过的一个月，让他对这个国家有了深入探索的兴趣，同时也使他与哥伦比亚的动植物环境保护组织及活动人士有了一定的联系。两年后他的马格达莱纳河之旅得到环保人士的特别帮助，而他的关注点总离不开环境议题，也与他的那些陪伴者、支持者和信息提供者的背景有关，而环境变化与生态逻辑，的确是理解马格达莱纳河近半个世纪历史的最佳切入点。他写到砍伐森林导致水土流失，泥沙淤积导致河流改道，河流变化导致渔业萧条，航道阻滞导致经济衰落，环境退化导致特有动植物资源面临威胁，等等。与环保人士的紧密关联也使他格外注意某些不寻常的生物现象，比如马格达莱纳河上的河马，这些从毒枭私人动物园逃逸进入荒野的河马，从一开始的几头，如今已发展到近180头的种群数量（据说10年内会达到1000头）。这些游荡在马格达莱纳河及其大小支流上的大型非洲动物，如今已成为哥伦比亚吸引游客的独特风景。

然而正如萨拉马自己所说，他的旅行与写作的中心还是人，那些他在马格达莱纳河上遇到的形形色色的人。航运不畅迫使他的旅行主要不是坐船沿河而下，而主要是在岸上，依靠一切可以找到的陆上交通工具，这给了他机会接触更多的本地人。正是这些人构成书中最重要、最感人的叙事。勇敢坚定的人类学家和人权活动人士，独木舟制作者，故事讲述者、珠宝工艺大师，用两头驴驮着图书跋山涉水的乡村教师，河边的舞蹈者和歌唱者，用风筝钓鱼的村民。他们的故事照亮了萨拉马的这本书，赋予马格达莱纳河乃至整个哥伦比亚以美丽动人的光彩。比如，书中写到一个不起眼的小镇，在暴力肆虐的年代，镇上居民打捞上游漂来的受害者尸体，予以安葬，有时还用自己失去的亲人的名字称呼他们，并经常来墓地探望这些远方死者，跟他们聊天，倾诉自己生活中的快乐与悲伤。读者一定会和萨拉马一样感慨：这样的马格达莱纳人构成了哥伦比亚的尊严和希望。

旅行不仅让旅行者抵达新的世界，也让旅行者抵达新的自己。在陌生的马格达莱纳河上所见的人与事，使得萨拉马时时反观自身，更深地理解自己与父母，以及与父母的父母，乃至父母的父母的父母，那种看得见看不见的联系。萨拉马生长在纽约市郊区，他的犹太家庭的父母两边都可以追溯到中东，母亲一家从伊拉克移民美国，父亲从阿根廷移民美国，父亲的父亲的父亲则是从叙利亚移民阿根廷。萨拉马习惯了家庭聚会时千奇百怪的语言和口音，天南海北的传说故事，早早培育了一颗拥抱陌生世界的心。在马格达莱纳河岸边，他想象自己的祖父牵着满载货物的驴子，不是走在南方高峻的安第斯山上，而是穿梭于北方这条大河沿岸的城镇之间。他写道："我也开始思考我的祖先，那些漂泊的商人们可能也曾经像我一样，发现他们在旅途中对当地的一切既陌生又与之紧密相连……我并没有因为听到某个声音,而忽略其他的声音。我选择的每个地方和我遇到的每个人都将不可磨灭地影响我接下来会去哪里。"

有评论说萨拉马此书是他"写给哥伦比亚的情书"。与《哥伦比亚之旅——行走在马格达莱纳河畔》的出版同年,还有比萨拉马年长很多的一个作者,加拿大的文化人类学家和植物志学者维德·戴维斯(Wade Davis),也出版了一本有关马格达莱纳河的书,《梦想之河马格达莱纳——哥伦比亚的故事》(*Magdalena, River of Dreams: A Story of Colombia*)。两位作者年龄、知识专长和文化背景的差异,使他们的作品各有千秋,对关心哥伦比亚和马格达莱纳河的读者来说是最好的对读选择。在他们之前,在文体风格上有开创之功的布莱尔·奈尔斯(Blair Niles, 1880—1959)所写的拉美游记中,有一本出版于1924年的《哥伦比亚:奇迹之地》(*Colombia: Land of Miracles*),与以上两书放在一起,有助于今天的读者看到,一个世纪对于哥伦比亚意味着什么。

罗新

目录

推荐序 / 罗新　　　　　　　　　　III

前言　　　　　　　　　　　　　　1

第一部分　马格达莱纳河上游　　15
1. 唐娜胡安娜的传说　　　　　　17
2. 马格达莱纳河的谣言　　　　　24
3. 莫汉　　　　　　　　　　　　44
4. 金之河　　　　　　　　　　　46

第二部分　马格达莱纳河中游　　63
5. 巴勃罗·埃斯科瓦尔的河马　　65
6. 在科科尔纳站的四天　　　　　79
7. 无名氏　　　　　　　　　　　99
8. 马格达莱纳河的人质　　　　　102
9. 河上六小时　　　　　　　　　115

第三部分　马格达莱纳河下游　　　　　　　　*135*

　10. 珠宝大师　　　　　　　　　　　　　　*137*

　11. 驴背上的图书馆　　　　　　　　　　　*147*

　12. 灰烬之口　　　　　　　　　　　　　　*160*

致谢　　　　　　　　　　　　　　　　　　　*170*

延伸阅读　　　　　　　　　　　　　　　　　*173*

前言

日落时分，我看到了那些船只。

我正沿海边散步，随即停了下来，凝视着地平线，任凭海浪轻轻拍打我的脚。它们看起来不像寻常的渔船，更像潜水艇，只有船头和船尾的黑色尖端在汹涌的海浪中显露。每天晚上，基本上都是在黄昏前，它们都会在海面列队穿行。我的好奇心逐渐沸腾。最终，我决定询问一下。

"那些船是用来干什么的？"我转向维斯玛尔（Vismar）和科洛（Colo）问道。他们是我在这个隶属哥伦比亚的太平洋海滨小镇拉德里耶罗斯（Ladrilleros）结识的朋友，和我年纪相仿。

"那些是渔船。"维斯玛尔说。他和科洛笑了起来。每当听到我阿根廷口音的西班牙语，还带着点美国腔调，或者当我问一些他们觉得很古怪的问题，比如如何在红树林迷宫般的水路中找到出路，或者如何知晓那些巍巍耸立、丛林密布的高山上的状况时，他们总是忍不住哈哈大笑。

"你们笑什么？"我有些紧张地问道。

"我们称它们为渔船，但它们只在白天捕鱼。"科洛解释道，"到了晚上，它们就开始向北航行，把可卡因运送到中美洲。"

他们的笑声更加响亮，我的脸瞬间涨红，我立刻后悔问了这个问题。那是2016年，我第一次独自来到国外，当时我只有19岁，既谨慎又胆小。人们曾告诉我可以问任何我想知道的事情，但绝对不能涉及可卡因或游击队。他们强调说，在哥伦比亚问太多与敏感事物相关的问题可能会引来麻烦。

我猜想维斯玛尔和科洛觉察到了我的不安。"别担心！"科洛发自真心地安慰我说，"在这里，一切都很平静。"

我点点头。科洛走在前面，示意我跟上。但维斯玛尔嘟囔了一些话，科洛停住了。

他们站得很近，用极快的语速低声交谈着，好像在讨论是否应该告诉我某件事。

"发生什么事情了吗？"我紧张地问道。

"不，没什么事。"科洛说道。他们继续低声交谈，我则保持着沉默。终于，大约过了一分钟，他们停止了说话，维斯玛尔走到我面前。

"嗯，"他说道，"有一件事我们认为你应该知道。"我看向左边。那些船只已经飞速驶离，消失在视线之外。在我右边，修长的瀑布从火山岩上倾泻而下，落在黑色的沙滩上。空气中弥漫着雨水的气息。想到从城市乘坐颠簸的快艇走了那么远的路才来到此地，我的心中忽然升起一种孤独感。

"告诉我吧。"

"这件事情是关于……我们镇上出了一个小偷，"维斯玛尔坦白说，"他一直在多家酒店里偷东西。"

我不解地摇摇头，说："一个小偷并不是什么大不了的事。"

"你说得对，"维斯玛尔继续说，"但他给周围的人带来了很多麻烦。镇上的人劝他收手，他不听。所以人们雇了一个从城市来的人把他带到海上，然后……"他用食指和拇指做了一个枪的手势，嘴里咔嗒一声。突然间，我更喜欢讨论那些"可卡因船"了。

"他们为什么要这样做？"我问道，"可以把他关进监狱呀。"

"他出狱后还会继续行窃。"科洛打断道，"我们这个镇里的所有人都很穷，几近一无所有。他是唯一偷窃的人。这不公平。"

"说得有道理。"我嘴上这样说着，但心里并不这么想，或者说我希望我心里不要不认同他们的做法。"他们什么时候开始动手？"

"今晚，如果上帝允许的话，"维斯玛尔说，"所有人都翘首以盼。但你根本不用担心。"他这话的意思是，即使是这个镇上最严重最严肃的问题也不劳我或其他来沙滩玩耍的游客担心，我是安全的。

————

我5岁的时候开始跟随一位名叫桑德拉·马莱姆·穆尼奥斯（Sandra Marlem Muñoz）的女士学钢琴。她从哥伦比亚的卡利市（Cali）搬到纽约，靠从事与音乐相关的工作谋生。我成为她的学生时，她30多岁。她通常在每周二我放学后来我家教琴。

"嗨，乔丹！你好吗？"她的英语带着乡音，说话时的语调如同唱歌。关于她的一切都充满了乐感：她的高跟鞋在木地板上咔嗒作响，走路时金属手链会发出叮当声。如果我父亲在家，他们会说西班牙语，一种我当时不完全理解但听起来像音乐的语言。她的西班牙语有着哥伦比亚特有的快速音节，而我父亲的西班牙语则带有阿根廷口音，缓慢、夸张，听起来像意大利语。

在休息时，桑德拉会弹奏她们国家的音乐。我家客厅角落的小立式钢琴仿佛活过来了,流淌出跳动的、充满琶音的萨尔萨舞曲和阿拉伯花式乐曲。与我弹奏贝多芬和巴赫的缓慢嗡鸣声截然不同,她弹奏的音乐声量巨大,充满了单纯的能量。"我想学这些曲子。"在我和弟弟完成课程后桑德拉和我母亲喝茶时,我会对桑德拉说,"拜托,桑德拉,我想弹这些曲子。"

我那时还年幼,对外面的世界一无所知。当时我完全不了解哥伦比亚正在经历一场旷日持久的武装冲突,这场冲突动摇了整个国家的根基。当大多数美国人提到南美洲左上角的这个国家时,他们会想到可卡因、大毒枭巴勃罗·埃斯科瓦尔(Pablo Escobar)和他的贩毒团伙,以及隐藏在丛林中的"哥伦比亚革命武装力量";会想到针对足球运动员的暗杀,空袭和爆炸,以及因战争而瘫痪的城市和村庄;也会想到我担忧的那些拉德里耶罗斯的贩毒船只。

然而,我们在一起时,桑德拉从未提及这些事情。哥伦比亚这个国家的名字,除了出现在像世界杯预选赛和美洲杯这样的足球比赛上——作为一个天生的阿根廷球迷,我从未错过一场——很少被人提及。我那时对哥伦比亚的了解完全来自桑德拉的音乐。只有和她在一起时,我才会想到这个国家。回顾往事,唯一记得的只有她每周陪伴我坐在钢琴前,日复一日,年复一年,我缓慢弹奏的音阶逐渐蜕变为流畅的旋律,那是我最初学习钢琴时的梦想。

大学一年级结束后,我偶然通过国际野生生物保护学会(Wildlife Conservation Society)获得了一次亲眼去看看哥伦比亚的际遇。国际野生生物保护学会在纽约各地开办动物园和水族馆——这些是我童年的乐园,是我经常流连的地方。父母带着幼年的我和弟弟,透过亚克力玻璃,兴致勃勃地观看吼猴挠肚皮,河马在泥浆中打滚。动物园的标牌上写着"国际野生生物保护学会支持世界各地的野生生物保护"。实际上,直到我成年后决定为国际野生生物保护学会工作之前,我从未真正思考过保护野生生物的问题。在学校的时候,一个想法一直萦绕着我:这些物种在野外的生存状况与普通人的决策和命运紧密相连,也许今后我可以致力于讲述人与动物关系的故事,以鼓励人们迈向更环保的道路。

有一天,国际野生生物保护学会驻哥伦比亚办事处给我打来电话。他们说如果我愿意在哥伦比亚待上一个月以协助他们的外联工作,他们会接纳我入职。工作基地设在卡利市,但需要在哥伦比亚全国各地旅行。他们告诉我,我将前往的地方在这两年内毒品暴力和游击战争已逐年减少,而且有传言说正在进行中的和平协议会谈可能会彻底结束暴力冲突。普林斯顿大学将资助我的旅行,但官方的旅行政策十分谨慎。我将不得不在几份免责声明上签字,声明如果我死在毒贩或准军事民兵手中,普林斯顿大学将不承担任何责任。我很快发现,无论是谁得知我要去哥伦比亚,无论明言与否,他们都怀着相似的担忧。哥伦比亚之行绝非令人放心的事情。

我想到的第一件事是给桑德拉打电话。虽然我已多年未上钢琴课,但我们的家庭依然保持着密切的联系。"哦,天哪!"她兴奋地喊道,我能听到她在电话另一端的笑声。"你一定要去!你可以住在我奶奶的房子里!她会照顾你的!"除了她的奶奶,桑德拉还主动提出介绍我认识她的表兄弟姐妹和朋友,他们住在卡利市各处。我可以去和他们踢灯光足球,去深水潭探险,去逛繁忙的安第斯山市场。

在那一刻,我的想法一下子就转变了,这多少得益于我充沛的想象力。我想象着与这位精神矍铄的祖母共同生活:早晨太阳升起,我们在杧果树遮蔽的阳台上分享一杯甜蜜的哥伦比亚咖啡;我想象着自己独自冒险进入村庄和荒野，记录人们关于自然如何改变他们世界的故事。我想，我的故事将会和电影《摩托日记》(*The Motorcycle Diaries*) 相似。这部电影讲述了年轻的切·格瓦拉（Ernesto Guevara）重获新生的一次穿越南美洲的摩托车之旅。他和一位朋友经陆路和水路从阿根廷到达哥伦比亚。他们拜访了秘鲁亚马孙地区的麻风病人聚居地；在智利的沙漠中与被剥夺权益的铜矿工人长谈；在巴塔哥尼亚（Patogonia）高地那令人叹为观止的冰川湖旁入睡。电影改编自切·格瓦拉的日记，揭露了他旅行途中所经之地特有的诸多人类与环境的不公正现象。这最终导致切·格瓦拉成为"激进的战士"。他领导的马克思主义革命启发了"哥伦比亚革命武装力量"，并带来了长达 50 年的动乱。但"战士切·格瓦拉"与"学生切·格瓦拉"是截然不同的人。对我而言，"学生切·格瓦拉"更加有趣：一个 20 多岁、心怀渴望的年轻人，去开启一段带给他全新的视角看待世界的旅程。

我有着丰沛的想象力，这多少源于我来自一个长期辗转迁徙于世界各个角落的家庭。我童年最难忘的时刻就是坐在姑姑、叔叔和祖父母身边，听他们用令人着迷的英语、西班牙语和阿拉伯语讲述一个看似注定要永远流浪的家族的历史。与他们那个时代的大多数迁徙者一样，他们受到了超出他们控制范围的状况的驱使——宗教迫害、赚钱谋生的机会、政治冲突——但他们总是不忘传承那些在旅途中遇到的新文化和发人深省的经历。长久以来，我一直通过祖父的故事在间接地体验着旅行。他在布宜诺斯艾利斯长大，在医学院求学时与切·格瓦拉是同学。作为年轻的医生，他曾背包穿行于阿根廷乡间行医，从中得到极大的磨炼，最后定居纽约。祖父告诉我关于他的父亲，也就是我的曾祖父的故事。我的曾祖父是 20 世纪初期来到阿根廷的叙利亚犹太移民，他曾是安第斯山"马背上"的流动推销员。

据说，在安第斯山上，这位来自大马士革的阿拉伯犹太人从民歌和纸牌游戏中学会了西班牙语。他经常和牛仔一起围篝火而坐，睡在推销路线沿途的牧场里，最终变成了真正的阿根廷人。他的许多亲戚和同胞，也是为了逃避奥斯曼帝国旧时的宗教迫害，流落到拉丁美洲的其他国家——包括墨西哥、委内瑞拉和哥伦比亚——他们在那里建立新的生活、家庭和身份。我母亲这一族，有一位曾曾曾祖父，曾带领一千只骆驼沿着著名的丝绸之路，到巴格达（Baghdad）、阿勒颇（Aleppo）、伊斯法罕（Isfahan）等城市售卖地毯、纺织品和香料。其他巴格达的犹太祖先甚至到过上海和孟买（Mumbai）。他们的故事听起来稀松平常，历史的戏剧性和传奇故事掩盖了日复一日的马上颠簸。似乎没有他们漂泊的足迹不能触及的港口，也没有一个地方没有冒险可寻。

我在八月的一个星期五抵达了卡利。没有任何天气预报能够准确描述这个城市的酷热难当。卡利是哥伦比亚第三大城市，也是世界著名的萨尔萨舞之都。其主要水源来自考卡河（Cauca River），它流经这座城市偏远的、到处都是起伏不平的铁皮屋顶的棚户区。桑德拉的祖母阿贝利塔·安娜（Abuelita Ana）已经 96 岁高龄，常年卧床不起。她是一位善良的女士，与一名叫奥尔加（Olga）的护工住在她两层楼住宅的底层。每天晚上，安娜奶奶都会微笑着问我这一天过得如何，通常我们会一起吃一份清淡的奶油意大利面外卖，因为她不允许我在太阳下山后独自外出。有一天晚上，当卡利两支最强的足球队在比赛时，我只能在临街的窗边听着整个城市在每个进球时爆发出的欢呼声。不让我出门并非是她对我刻意刁难，恰恰相反，她只是尽自己所能来确保我的安全。晚饭后，她会锁上所有的门，在晚上 7 点左右带着钥匙进入自己的卧室。在那些炎热的夜晚，桑德拉奶奶的家里没有稳定可靠的网络。百无聊赖中，我开始在一本黑色封皮的笔记本上详细记录每天发生的事。当时并没有想着认真地写下我旅行的经历——只是为了打发时间而已。

我在那个月里来来回回地往返于桑德拉奶奶的家和国际野生生物保护学会的卡利办事处。大部分时间我都在国际野生生物保护学会的卡利办事处工作，翻译一些相当乏味的与野生生物保护相关的新闻简报，有时也安排短途旅行到哥伦比亚各地的乡村考察。我开始期待这些旅行，并很快意识到我更喜欢哥伦比亚乡村的悠闲节奏，而不是其尘土飞扬、喧嚣不堪的城市。仅仅几周时间，我的足迹就遍布了很多区域，却始终没有明确的方向——我去过的地方在地图上看起来就像是一个个随机的点与点的连接游戏。在科尔多瓦省（Córdoba）北部的锡努河（river Sinú）沿岸湿地，我与当地村民共度了一些时光，他们正在建设一个河龟保护区。在那里，我与当地的孩子们一起钓鱼，采摘新鲜的木瓜当早餐。我还去了位于哥伦比亚与巴拿马边境的壮丽的达连隘口（Darién Gap），它是地球上树木最稠密、最为艰苦无情的原始雨林之一——我目睹了数百名非洲人、亚洲人和加勒比岛民试图徒步穿越它。他们拼命地、濒临死亡的跋涉只是为了到达美国。我还前往了位于曲折的太平洋海岸的小镇拉德里耶罗斯，在那里遇见了科洛和维斯玛尔。

———

在拉德里耶罗斯的夜晚漫长而嘈杂。雨点猛烈地敲打着铁皮屋顶，让我好几个小时都无法入眠。就在我快要睡着之际，如世界末日般的雷声让我那逼仄的小木屋和我躺着的薄床垫都颤抖起来。隔壁的房间里，一对来自博亚卡（Boyacá）的夫妇整晚在说话。当雨终于停止，青蛙开始奏起它们的交响曲，直到黎明。

在拉德里耶罗斯，我最喜欢的时刻是临睡前。当那对来自博亚卡的夫妇去某个地方观星时，维斯玛尔、科洛和我躺在木屋外的吊床上聊天，把我们的国家拿来对比。他们俩都没有离开过拉德里耶罗斯或离此地最近的城市布埃纳文图拉（Buenaventura），但他们都梦想着去美国。维斯玛尔告诉我他多年来一直在存钱准备去美国上大学，成为一名工程师。到目前为止，他名下只有200美元，但他说话的语气让人觉得好像离目标很近了。科洛没有这样的计划。他问我回到纽约后是否可以给他邮寄冒牌的耐克运动鞋，他说他会给我汇钱。

"你什么时候再来？"他们问我，更多是出于好奇而非别的原因。我猜他们期待我会回答像"几个月后"或者"明年"这样确切的时间。我被很多哥伦比亚人问过这个问题，他们大多生活在偏远地带，我出现在他们生活的地方如同一个奇迹。

"你知道吗，像这样的旅行很难确定回程时间。"我避免给出确切的答复。

"啊。"他们点头，但似乎并没有完全理解。几天后，他们又问："嘿，你说你什么时候还会再来？"

"我不知道。"

在我乘坐木船游览拉德里耶罗斯的红树林时，一位年长的哥伦比亚妇女坐在我旁边。她告诉我，如果再次回到哥伦比亚，不要再来太平洋海岸。"不，"她说，"相反，你应该去我听说过但从未去过的哥伦比亚的许多美丽地方。比如地处加勒比海边的泰罗纳国家公园（Tayrona National Park）的白沙滩，多彩的卡尼奥克里斯塔莱斯河（Caño Cristales）和南部的亚马孙丛林。"

"哦，我怎么能忘记马格达莱纳河！"老妇人补充道，"那是哥伦比亚最伟大的河流。"

马格达莱纳河，没有像她提到的其他地方那样出现在旅游指南中。但我立刻就想起了它的名字，因为许多哥伦比亚人跟我提到它时都带着一种近乎对宗教的狂热崇拜。"那是你绝不能错过的地方。"他们说。似乎每个哥伦比亚人都梦想有朝一日能走完它全长 950 英里[*]的河道，尽管实际上没有多少人能做到。国际野生生物保护学会在马格达莱纳河中游某个社区设有一个保护基地，但人们告诉我那里仍然十分危险。

几周后，我回到了美国。因为没能目睹伟大的马格达莱纳河，我对这趟旅行不甚满足，对哥伦比亚也更加好奇。我难以忘记在哥伦比亚的时光。大学期间，我的朋友们忙于学习经济学、历史和生物学，我则阅读了《百年孤独》和《老巴塔哥尼亚快车》等书籍，沉浸在与拉丁美洲有关的一切事物中，梦想着有第二次机会前往哥伦比亚。接下来的夏天，靠着奖学金的资助，我去了阿根廷和玻利维亚，去追随我曾祖父——那个在安第斯山脉漫游的流动推销员——的足迹，亲自证实了我确实来自于一个永远在流浪和漂泊的家族。我的祖辈们通过脚步将一个地方与下一个地方联系起来，又通过旅行交换彼此的商品、故事和文化。我意识到了一次具有独特主线的旅行的价值，它能够连接看似不相关的地方和人们。而我也开始明白，将这些故事讲述出来是我想用一生去做的事情。

当我选择毕业论文的题目时，马格达莱纳河在静静等待着。我决定去了解沿河的人们。而出乎我意料的是，过了这么久我才去回顾在哥伦比亚

---

[*] 1 英里等于 1.609 344 公里。——译者注

写的旧日记。那些日记是在卡利汗涔涔的炎夏，在桑德拉的祖母小心翼翼的宵禁中写下。立刻，我想起了人们谈到自己国家最伟大的河流时眼中闪烁的光芒。确实，在哥伦比亚，没有比马格达莱纳河更重要、更受人尊敬的河流了。它流经各种地貌——山脉、丛林、平原和沼泽——最终注入加勒比海。这条河对哥伦比亚和南美洲的历史至关重要。它也是南美洲一些最著名的小说——如加夫列尔·加西亚·马尔克斯（Gabriel García Márquez）的作品——的背景，是一些最受欢迎的音乐——从诞生于山谷的区域性流派如坎比亚（cumbia）和巴耶纳托（vallenato）音乐，到出生于马格达莱纳河入海口的巴兰基亚（Barranquilla）的全球巨星夏奇拉（Shakira）——的发源地，也是哥伦比亚传说和神话的来源，其影响力深入到远离河岸的内陆地区。在哥伦比亚的腹地，马格达莱纳河是生活的重要源泉。正如拉德里耶罗斯的那位老妇人所说："了解这条河才能了解这个国家。"

或许我想了解哥伦比亚是因为其总是在变化中，总是会有新事物出现。2016年末，也就是我结束第一次旅行的几个月后，一项具有里程碑意义的和平协议被签署。据说，"哥伦比亚革命武装力量"正在解散。过去被限制进入的地区如今重新回到地图上。在经历了50多年的武装冲突之后，这个国家重新燃起了希望。然而，事态每隔几个月就会恶化：游击队的解散导致了政治动荡；部分顽固势力重组后带来新的威胁；环保人士、当地活动家和前战斗人员被杀；非法犯罪团体也变得壮大。所有这些都引发了人们对暴力复发的担忧。然而，在希望与绝望的更迭中，始终有普通人以非同寻常的方式，竭尽所能地对他人施以援手。

有一点是肯定的：2016年我所见的哥伦比亚与两年后我所爱的哥伦比亚截然不同。听从老妇人的建议，当再次回到哥伦比亚时，我没有回到拉德里耶罗斯与维斯玛尔和科洛见面,也没有回到之前去过的任何地方。我返回哥伦比亚的目标是沿着那里最重要的河流,从源头到入海口,从南到北,连续旅行四周。由于受学业的牵制,这是我能拿出的全部时间。这个目标看似雄心勃勃,但绝非不可实现。

如何想办法去实现这个目标是另一个问题。小说中的马格达莱纳河是一条充满生机的河流,因其流经多样性惊人的景观而备受尊崇。我开始梦想乘坐蒸汽船开启漫长的航行,穿越茂密朦胧的荒野,躺在吊床上度过午睡时光,无忧无虑,被轮船和丛林的嗡嗡低吟催眠。沿河的生活似乎在其简单性方面无可挑剔——你永远不必担心自己要去哪里。

确实,我非常希望自己能亲身经历这样的探险。可现实不允许。小说中马格达莱纳河是过去的马格达莱纳河,是被暴力摧毁了生态环境之前的马格达莱纳河。而如今,这条河被肆意劫掠踩躏,已经不再是曾经的模样。客船不能再航行于它的大部分河段。因此,我需要利用各种交通工具,从皮卡车、公共汽车到骡子和独木舟,顺着河流沿岸的村庄和城镇前行。这些村庄和城镇的命运长期被河流主宰,这并非微不足道之事。在我的旅行之前和之后,我花了数月的时间研究一套名为《马格达莱纳河大编年史》(*Crónica grande del Río de la Magdalena*)的旧书。这套书共有两册,可能是有关马格达莱纳河最丰富和最全面的文集(这套书厚重且已绝版。一段时间里,我从纽约北部的一家图书馆远程借阅这套书——每三周我都会归还,然后立即重新申请借阅。显然多年来我是唯一对其感兴趣的人)。我孜孜不倦地研究河流的路径、生态环境和港口城镇的名称,这些信息在数百年来的旅行故事中一遍又一遍地被反复提及。但是,和大多数大河一样,对马格达莱纳河的描述主要来自那些穿行其中的旅行者。这对我来说无异于透过火车窗户窥看外面的景色，虽令人宽慰，但无法提供一个全景画面，让河流的前世今生不至于泯灭在人们的记忆中。那些沿河而居、远离船舶停靠的港口的人们是怎样生活的呢？我很想知道。

我记得在书中读到过一段对沿河的一个渔民定居点的描写，是19世纪末瑞士的恩斯特·雷特利斯伯格（Ernst Röthlisberger）教授在一艘蒸汽船的甲板上观察后写下的。据他所写，他在马格达莱纳河沿岸看到的农民和渔民，"当需要盐、编织渔网的线以及枪支或刀具时，便驾着堆满香蕉或鱼干的独木舟，顺流而下前往最近的村庄。在那里，他们卖出自己的货物，购买所需的物品，然后重新回到他们寂寞空虚的生活"。

"这些人过着懒散的生活，"雷特利斯伯格继续写道，"没有宗教信仰，没有礼仪，不受任何权力的制约，然而他们以自己的方式过得很幸福。"

这是一种误解，这种误解也发生在涉及哥伦比亚的很多其他事情上。马格达莱纳河虽然曾经是将国家的心脏与波光粼粼的海洋连接起来的快速通道，然而居住在这条国家大动脉沿线的棚屋中的渔民或村落里的村民却鲜少引起乘坐蒸汽船的旅行者的关注。像雷特利斯伯格那样将沿河居民异化、贬低为"野蛮"或"悲惨"，或者认为他们处于自我封闭的生存状态，这种做法简单粗暴却更为普遍。通过陆地而不仅仅是水路旅行，我将花时间了解马格达莱纳河沿岸的居民，而不仅仅是这史诗般的河流本身。

可能你从未听过这条河流的名字，这本书将带领你与我一同踏上这条南美洲最伟大的河流之一的旅程。现在，关于哥伦比亚的书籍不再只谈论巴勃罗·埃斯科瓦尔和他的贩毒团伙，也不再仅仅谈论永无休止的暴力冲突，这些都曾经让整个国家和其人民蒙羞。这本书截然不同。我永远都记得我在新泽西一个闷热的五月午后所经历的觉醒。那是大学三年级快结束时，我躺在一张灰蓝色的沙发上，宿舍的窗户敞开着，一台风扇吹着我的脸，咖啡桌上放着三本书，它们告诉我，不要去马格达莱纳河——那是一个无情的地方，一个孤独的地方，一个再也不应涉足的地方。然后，仅仅几天后，我就在马格达莱纳河的上游观看了乌伊拉竞技队（Atlético Huila）在哥伦比亚甲级联赛四分之一决赛的点球大战中击败博亚卡爱国者队（Patriotas Boyacá），并对随之而来的混乱场面忍俊不禁。几周后，我在马格达莱纳河的一条支流中与孩子们玩耍嬉戏。接着，我在离这条伟大的河流最终汇入大海的地方仅几英里处，享用着熟悉的中东美食——羊肉饼和鹰嘴豆泥。

现在，旅行写作不再仅仅依赖于短暂的一次造访。在全球化的世界中，语言和文化逐渐趋同。借助移动聊天（WhatsApp）和脸书（Facebook）等社交软件，人们可以随时随地交谈互动。我与一些在旅途中认识的人的交流在网上轻松持续了多年，我们对彼此的认识随着时间的推移变得更加深入和丰富。为此，这本书不仅仅记载沿着一条河流的旅程，也带读者沉浸式进入沿河而居的普通人的生活。这本书将分享哥伦比亚人在家庭和社区中面临的日常挑战和喜悦的故事——就像维斯玛尔和科洛以及拉德里耶罗斯的小偷一样——这个国家正试图从毁灭性的冲突中走出来，居住在心脏地带的人们也开始重拾生活的碎片。这次旅程充满了鼓舞人心的故事，故事的主人公就是长期以来一直致力于在艰难与孤寂中过有意义、有目标的生活的人们，他们热情似火，永不言弃。这也是一个关于旅行者意外发现美的故事。

他们告诉我，了解这条河流就能了解这个国家。然而，哥伦比亚可能是世界上被误解得最深的国家。

第一部分　马格达莱纳河上游

在哥伦比亚,极端的气候、海拔和文明相交相融。现在和过去在那里短暂而平等地共存,然而两者都即将被未来的奇迹所取代。

布莱尔·奈尔斯

《哥伦比亚:奇迹之地》

1. 唐娜胡安娜的传说

胡安娜[*]并不打算离家出走。至少,传说是这样说的。

她出生于一个富裕的哥伦比亚原住民家庭。传说数千年前,他们生活在现今哥伦比亚西南部。她的父母拥有数量庞大的黄金——神秘的埃尔多拉多黄金(gold of EL Dorado)。在数千年后,西班牙人寻而未果。(据原住民的后代说,他们一直知道黄金的藏匿之地。他们的陵墓都装饰着大量黄金便是证据。只是西班牙人不知道去哪里寻找。)并非所有人都能有幸拥有如此多的黄金。由于拥有巨量的黄金和珠宝,胡安娜的家族过着比村庄里其他人更奢华富足的生活。

由于被奢靡的生活境遇宠坏,胡安娜变得叛逆不羁。随着年纪渐长,她爱上了一个不被父母接纳的男人。有一天,在被父母严厉地责骂后,胡安娜决定带着家族的财富永远逃离。

连续几天,她沿着河谷和湿滑泥泞的小道而行。穿越重重浓雾,冒着倾泻如注的大雨,艰难跋涉,最终到达一处高地。密不透风的密林倏地消

---

[*] 其全称为 Doña Juana,其中 Doña 为西班牙语"夫人"的意思,书中采用音译。译为唐娜。——译者注

失不见，绵延起伏的安第斯山脉高山草甸与火山、低矮的灌木和寒冷的湖泊映入眼帘。

直至今日，这些湖泊仍是哥伦比亚主要河流的源头，包括最受尊崇的马格达莱纳河。湖泊位于茂密草地中的低洼地，周围山丘环绕，表面平静如镜，然而据传它的深度达到数英里。胡安娜正是在马格达莱纳湖（Laguna del Magdalena）遭遇了不幸。

她是如何消失的，经常是生活在帕拉莫（Páramo）地区的村民津津乐道的话题。我在哥伦比亚高原色彩斑斓的露天农贸市场听到人们（尤其是年长者）热烈地讨论那个带着家族黄金私奔的女人——胡安娜——的传说。在农贸市场上，粗制的红糖以砖块的形状出售，活鸡被关在网袋或铁丝笼中售卖。对于胡安娜的故事，每个人似乎都有自己的版本，每个人又似乎都有时间不厌其烦地讲给顾客听。一位穿着红色毛衣、系着深蓝格子围裙的农妇坐在堆积如山的谷物袋旁的椅子上告诉我，胡安娜受到父母的诅咒，被高山湖泊的魔法吞噬。时不时地，旁边卖红糖块的女人插话，声称胡安娜在湖畔遇到了盘踞在山林最深处的强盗。他们试图抢夺胡安娜的金子，而她宁死不从，最后带着珠宝投入了马格达莱纳河的源头。

在每个版本的故事中，唐娜胡安娜都淹死了——连同她的财宝一起被湖泊吞噬——从那一刻起，马格达莱纳湖变得神秘且对外来访客充满敌意。

年轻人阿图罗（Arturo）告诉我："长辈总是告诫我们，去马格达莱纳湖要带着虔诚的态度，切记不可喧哗。"阿图罗声称自己去过两三次马格达莱纳河的源头。他说："长辈告诉我们：'马格达莱纳湖绝非寻常之地，如果想去，要静默前行，否则一不留神就会引起意想不到的麻烦。'有一次，我们一行六人试图证明这是个谎言——我们故意大喊大笑，顷刻间，暴雨从天空倾泻而下,正好落在马格达莱纳湖的中心,冬日的云彩从四面八方涌来将我们团团包围,我们就像无法逃离它的魔掌一样动弹不得。后来,我们奋力挣扎着才回到返程的小路上。"

大约60年前,一位叫玛丽亚(María)的女人和她的姐妹一起为维护通往马格达莱纳湖的小路的男人们烹饪食物。她回忆起自己多次目睹马格达莱纳湖的场景:"即便是在最阳光明媚、温暖宜人的日子,马格达莱纳湖也可能顷刻间风起云涌,暴风雨来袭。"另一个女人则称平息马格达莱纳湖愤怒的唯一办法就是将活的公鸡或豚鼠扔进湖中。

人们告诉我,直到今天,马格达莱纳湖仍然是公认的"敏感地带",必须十分谨慎方可接近——人为噪音会掀起狂风,紧接着流云奔涌。马格达莱纳湖也被称为唐娜胡安娜湖(Laguna de Doña Juana),披裹着厚厚的云层,仿佛怒不可遏。能见度会降低到令人迷失方向的程度,湖边的松软泥土也很容易让人陷入其中。近年来有几人溺水身亡,这是一个警示,提醒人们不可轻易靠近。

―――

如同中了魔咒一般,马格达莱纳湖成了游客的禁忌之地。几个世纪以来,人们一直将马格达莱纳河——不仅是马格达莱纳湖,还有整条河流——视为"魔幻"的存在。作为哥伦比亚大部分人口世世代代的水源和生命之源,马格达莱纳河流经人口聚集的城镇。河水携带的鱼,上了他们的餐桌;河流作为国家历史的一部分,流进他们的学校;河上运来的海上货物,流入他们的街市,填满他们的卡车和手推车。在河岸的瓜多竹(Guadua)下,休憩的人们得以暂时避开这低地的炎阳酷暑,随即返回水中继续工作;河水流经在泥泞的浅滩上洗衣服的妇女;流经数百万头在洪泛区牧场吃草的牛。因此，通过传说和民间故事来理解如此丰富的生命流动不无道理。

这些故事最初的主角是原住民。他们建造的巨大石像刻画了蜥蜴和猴子的生活，以及他们崇拜的赐予他们生命的自然之神。当西班牙殖民者在16世纪和17世纪深入这片大陆时，他们一边被熟知地形的被奴役的原住民驮在背上，一边惊叹于热带美洲丰富的生物多样性。他们认为这里是伊甸园，是开创世界之地。而奔流于崇山峻岭的丛林河流——马格达莱纳河，那时尚未被人类破坏之手所触及，则被认为是《圣经·创世记》中伊甸园里的四条河流之一。包括德国植物学家亚历山大·冯·洪堡（Alexander von Humboldt）在内的科学家于19世纪初发起了几次著名的深入哥伦比亚的探险，他们的发现打破了这些观念。但即使纯洁质朴的底色已然改变，赋予马格达莱纳河的精神内涵和宗教关联也从未完全消失。

如今人们最喜闻乐道的是那些口口相传的历史、神话和传说，就像马格达莱纳湖的那些故事一样。故事发生地贯穿整个河水流经的区域，每个城镇的故事版本也各不相同。这些故事构成区域文化，并为那些依赖河流而生的人们提供了关于河流的警示或教诲。例如，马格达莱纳湖的故事多年来一直警示着那些翻山越岭路过湖边的商人。马格达莱纳河的其他故事还传播到了远离其起源地的地方。哥伦比亚最著名且备受喜爱的作家加夫列尔·加西亚·马尔克斯在1989年接受哥伦比亚新闻杂志《星期》（Semana）采访时声称："我熟知河边的每个村庄和每棵树。"他的作品已被翻译成数百种语言，并在世界各地被广为阅读。马尔克斯生动地描绘了马格达莱纳河岸边魔幻与现实的交融，以至于一些村民告诉我，他们相信马尔克斯的小说写的是他们生活中的真实故事。

在河流上游的峡谷和起伏的山丘上，蹲踞着巨石雕像。这些形似动物的形象被雕刻在四米长的火山岩板上，考古学家们正在研究它们并试图解开一个曾经繁盛一时但已消失得无影无踪的文明的谜团。孩子们没有玩具，只能将河里漂浮物的碎片制作成闪闪发亮的玩具来消磨时光。当权者、普通的村民和城镇居民，竭尽全力想让他们的社区摆脱多年来摧毁生计的暴力冲突。工匠和工程师们全身心地投入到自己的工作中，对他们来说，尽管世界上空前的动荡在周围翻腾，时间却仿佛停滞不前。我与马格达莱纳河的每一次相遇都发生在截然不同的风景中，如果不是它携带着来自不同地方的沉积物穿过不同的景观，有时还真的有点让人感觉身处另一个国家。

———

唐娜胡安娜和被魔法笼罩的马格达莱纳湖的传说几乎是预言性的，反映的不仅是马格达莱纳河，而且是整个哥伦比亚近百年的历史。多年前，在 20 世纪 20 年代至 40 年代的"黄金时代"，雄伟壮观且童话故事里才有的三层蒸汽船沿着伟大的马格达莱纳河，将乘客和货物从内陆城市运送到海岸及更远的地方。同样豪华的火车奔跑在沿着这条黄金之河的航道修建的铁轨之上。河水流经茂密的雨林，孕育了丰富的鱼类和野生动物。人们经常能听到树上的吼猴尖叫，看见凯门鳄在河岸上晒着背部的场景。在当时，马格达莱纳河就是哥伦比亚的明珠。

然而，在 20 世纪后半叶，哥伦比亚的形势变得糟糕。各类采矿者砍伐森林，恣意射杀凯门鳄。由于丛林的根基被无限制地破坏，土地倾泻进入河流并在很多枢纽要道堆积形成堤坝，阻塞了蒸汽船的通行。而剩下的可通行的河道被数十载的战争笼罩，不断受到争夺土地控制权的武装组织威胁，马格达莱纳河迅速成为哥伦比亚武装冲突的中心。这一始于 1964 年的冲突，造成至少 260 000 人死亡，数百万人在此期间流离失所。那段时间，渔民看到的漂浮尸体比漂流在河上的船只还要多，小镇的居民在自家门口就能目睹暗杀事件。

哥伦比亚人民跌宕起伏的命运折射出他们国家最伟大河流的兴衰。也许这可以归因于其巨大的人口数量：80% 的哥伦比亚人居住在马格达莱纳河流域。该国的 4900 万人口中，有 3800 万人做着各种与河流相关的生计，靠这条河流谋生。哥伦比亚 32 个省级行政区中的 11 个都毗邻马格达莱纳河河岸，河流依次流经乌伊拉省（Huila，马格达莱纳河的发源地）、托利马省（Tolima）、昆迪纳马卡省（Cundinamarca）、卡尔达斯省（Caldas）、博亚卡省、安蒂奥基亚省（Antioquia）、桑坦德省（Santander）、塞萨尔省（César）、玻利瓦尔省（Bolívar）、马格达莱纳省和大西洋省（Atlántico），最终注入大海。马格达莱纳河流域的人口聚集区，大的有拥有数十万人口的城市，如内瓦（Neiva）、巴兰卡韦梅哈（Barrancabermeja）、巴兰基亚，小的仅是零星的河边空地上的几座渔屋。在这两类聚集区之间，还有各种规模的城镇和村庄。当地居民的工作主要与河流及其周围土地相关，例如，渔业、独木舟运输、农业和畜牧业等。还有一些人在推动河流生态环境保护，从社区生态保护和文化保护项目到参与地方和行政区级政府的环保部门的工作，他们只能勉强维持生计。除了个别的人格外成功外，大多数人的经济状况极差，有些人甚至没有任何工作，只能靠打零工或者捕鱼和种地来养家糊口。

许多居住在马格达莱纳河沿岸的人属于哥伦比亚的弱势群体。来自委内瑞拉的难民，他们为逃避在祖国遭遇的天灾人祸，迁移到任何有亲朋好友的地方。黎明时分，他们乘坐用黑色油布覆盖的牛车缓缓到达，在夜色掩护中卸下他们微薄的财物。非洲裔哥伦比亚人,是殖民者从撒哈拉以南非洲贩卖而来的奴隶的后裔,居住在靠近加勒比海岸的区域,这片土地孕育了巴耶纳托和坎比亚音乐的激荡节奏和跌宕起伏的手风琴旋律。而哥伦比亚原住民的后裔则居住在哥伦比亚山(Macizo Colombiano)的高地上,这是哥伦比亚最重要的山脉和河流的发源地。周边地区的部落曾聚集此地,通过纵横交错的河谷网络,开展贸易并传播文化。

在全长950英里的河流中,前100英里的河水奔腾在光滑的灰色巨石之间,之后便离开了崎岖的山脉,向正北方流淌,逐渐变得开阔,流入潮湿且泥泞的低地平原——马格达莱纳河谷。在其大部分流程中,马格达莱纳河流经热带山谷,这些土地曾被物种丰富的丛林和广袤无垠的热带草原覆盖。就在临近海岸之前,河谷两侧的山脉不见了,河流也消失在一片广阔的约7000平方英里[*]的低洼沼泽和湿地之中。之后,它在最后100英里的流程中恢复原形,奔向加勒比海。

追溯至马格达莱纳河的源头,你会看到完全不同的景象。在此海拔高度,这条河变身为一股狭窄而汹涌的急流,将你引至藏匿在绵延起伏的山丘中的农田和牧场,然后通过湿滑的小径向上攀爬,穿越仍然被森林覆盖的山脉,最后,进一步攀升至南美洲热带特有的安第斯高山草甸。正是在这海拔接近11 000英尺[**]的地方,传说中的唐娜胡安娜被马格达莱纳湖吞噬。从河流沿岸最近的官方定居点——一个名为金查纳的约有90个家庭的村庄出发,需骑马两天才能到达马格达莱纳河源头,这是唯一的途径。

---

[*] 1平方英里等于2.589 988 11平方公里。——译者注

[**] 1英尺等于0.304 8米。——译者注

2. 马格达莱纳河的谣言

为了去金查纳，我借宿在圣阿古斯丁（San Agustin）的一家招待所的木屋里。顺着马格达莱纳河源头往下走，圣阿古斯丁是最近的市政府所在地。正午的太阳给这里带来舒适温暖的气温，但夜晚时伴随着狗的嚎叫来临的无声寒意，像一张冰冷的毯子笼罩在哥伦比亚的山脉之上。清晨4点半，天尚未亮，我被公鸡的啼鸣吵醒。

我乘摩托出租车前往市中心，一个靠近农业银行的地方。每天清晨6点，唯一一趟皮卡公共汽车会从这里出发，开往金查纳。我在街角等着，旁边站着一男一女，女人穿一件粉红色毛衣，男人穿一件灰色的衬衫。我在等候我此行的同伴路易斯·曼努埃尔·萨拉曼卡（Luis Manuel Salamanca），他是一位人类学家，因研究位于圣阿古斯丁的巨石雕像群而享有盛誉。巨石雕像群建造于公元8世纪之前，被联合国教科文组织认定为世界遗产，它使这个小城连同山脉中的其他遗址声名大噪。快到6点的时候，路易斯还是不见踪影，我便给他打了个电话。

"来我家吧！"他兴奋地说道，"快来！只需走五个街区。"我一边听着电话，一边按照他的指令匆忙走过薄雾笼罩的寂静街道。高海拔和强烈的焦虑感让我气喘吁吁，直到听到他现实中的声音呼喊我的名字才放下心来。我转过身，透过晨雾看到他矮小而微驼的身影，他向我挥手示意。他的房子位于一条鹅卵石小路旁的草地上，小路通往城外。显然，他迟到了。但他让一切显得完全在掌控之中。在他摆放着基督雕像的屋子里，他用一个黄色的塑料马克杯气定神闲地喝着一杯热巧克力牛奶。他递给我一杯，里面混有湿软、黏稠的比斯科奇糕点作为早餐。

"我们只有四分钟了。"我说着，紧张地看了一眼时钟。路易斯保持沉默。他喝完热巧克力牛奶，平静地拿上行李，然后示意我出发，仿佛拖延时间的人是我。当我们走到街角的农业银行时，穿粉红色毛衣的女人和穿灰色衬衫的男人已经不见了。

"我们完蛋了，"我心想，"只能等到明天了。"然而，路易斯一言不发。他环顾四周，几秒钟后突然开始朝他家的方向走去。我紧紧跟随。果然，在几分钟内，一辆盖着黑色篷布罩的白色皮卡轰鸣着从我们前方的十字路口驶过。这种皮卡是哥伦比亚最常见的交通工具，通常驰骋在乡村道路上，因为那些地方鲜有正规公共汽车经过。早到的乘客很幸运，他们占据了有空调的驾驶室里的座位，而其他人不得不屈尊坐在货厢里的长凳上。长凳排成两列，乘客面对面而坐。皮卡的后部敞开着，可供人上下车。路易斯吹响口哨叫停了那辆皮卡，我们赶紧爬了上去。

我们面临的情况是：驾驶室和货厢里都挤满了人，更别提车顶了，上面塞满了装着蔬菜和混凝土建筑材料的草编袋。因此，我们只能站在平放的后挡板上，双手牢牢地抓住冰冷的金属行李架。如此，这短短15英里的路程，皮卡需在崎岖的乡间小道上行驶90分钟，才能到达金查纳。但至少我们在车上了。不断有各色乘客在圣阿古斯丁和金查纳之间的小村庄跳上跳下,有裹着羊毛围巾的老妪,也有穿着乌伊拉省绿白相间校服的年轻学童。大多数小村庄只有沿路居住的几户人家,其中一些房屋还兼作小型杂货店,出售冷饮、保质期长的食品和手机充值卡。之前站在街角的穿粉红色毛衣的女人在中途的小村庄法蒂玛(Fatima)下车,村里有一个游乐场和一个小型广场,令我印象深刻。我们沿途经过的房屋都非常简陋,屋顶用红陶瓦、金属或茅草做成。它们分列在这条单车道公路边上。在其中一些路段,公路曲折狭窄,一侧是靠近河流、潮湿且长满苔藓的悬崖。

————

我的心跳越来越快。起初,对于前往金查纳我甚至想都不敢想。我遇到的来自哥伦比亚其他地区的人都警告我说:"你不应该深入比圣阿古斯丁更远的山区,里面情况复杂。"从1993年到2016年,也就是仅仅两年前,因游击队肆虐,金查纳一直是一个"红区",意味着那是一个禁止进入的地区。在哥伦比亚国内令人闻风丧胆的"哥伦比亚革命武装力量"是哥伦比亚最大的游击队反政府组织。他们控制着周围的山区,包括马格达莱纳湖,并定期下山处理争端,对那些不遵守他们规则的人进行惩罚。因此,即使是最胆大的旅行者也会望而却步。

当地人告诉我,可以通过鞋子来区分哥伦比亚军人和游击队士兵:军人穿着系鞋带的黑皮靴,而游击队士兵则穿着适合在泥泞且蚊虫飞舞的丛林中长时间逗留的橡胶鞋。我最担心的,也是几乎每个近年来在哥伦比亚旅行、写游记的外国人所担忧的,是被"哥伦比亚革命武装力量"绑架至荒野中。他们会索要赎金,直到榨干被绑架者所有的钱。听说,作为美国人,我对他们来说是极具价值的目标,因为游击队知道我的政府会不遗余力地把我带回家(至少我是这么希望的)。当时我只有21岁,但这并不意味着我在拨弄这场冲突的余烬时不会引火烧身。普林斯顿大学的一位研究生,就是因为所做的历史研究被判定为针对政府的间谍行为,而在伊朗被监禁两年。我想,如果我和我提出的问题被坏人恶意揣测,他们会怎么处置我呢?毕竟,在我的第一次哥伦比亚之行中,我就差点因为问了太多不该问的问题而惹祸上身。

已故英国作家迈克尔·雅各布斯(Michael Jacobs)就曾亲历过绑架。2010年前后,他在前往马格达莱纳河源头的徒步旅行中经过金查纳时遭遇了游击队。那个时期哥伦比亚处处危险重重,更不用说在这个偏远乡村的一隅。他在《回忆中的劫匪》(The robber of memories)一书中用充满极度恐惧的视角来描绘这个地方。他写道:"这里充满了鬼魂和悲惨回忆,充斥着杀戮和绑架。这里有被'哥伦比亚革命武装力量'控制的农场,有被抢走的孩子,有军队的搜查和报复,有学会通过不告诉任何人任何事情而苟且活着的居民。"

"哥伦比亚革命武装力量"一直在那些宁静、偏远的山区中蓬勃发展,这些山区为他们提供了保护和隐蔽的环境。该组织50多年前成立于一个与金查纳类似的乡村定居点,位于安第斯山脉中部偏北的一片偏僻山区。在1948年至1958年的"暴力时期",一场残酷的内战在自由派和保守派之间爆发,这场发生在乡间的内战夺去了20多万人的生命。到20世纪60年代初,一群被之前斗争的磨难所激励的共产主义农民家庭,在马奎塔利亚(Marquetalia)小镇建立了一个聚居地。

1964年,出于对类似于5年前古巴革命的共产主义起义的恐惧,哥伦比亚军队入侵了马奎塔利亚并袭击了村民。在这些对抗和冲突中,"哥伦比亚革命武装力量"应运而生。此后,受其启发而诞生的其他组织也相继崛起,比如在马格达莱纳河谷中部出现的"哥伦比亚民族解放军",发展成为该国规模第二的游击队组织,同样令人生畏。

"哥伦比亚革命武装力量"控制了哥伦比亚的许多村庄和城镇将近半个世纪。但据媒体报道,如今的游击队已经不足为惧了。该国人口稠密的地区,包括整个马格达莱纳河流域,在几年前就已经摆脱了"哥伦比亚革命武装力量"的控制。起到关键作用的是该组织 2016 年与政府签署的和平协议。但是,关于位于偏远乡间的金查纳的可怕传言,以及被羁押在某个浓雾笼罩的丛林营地的可能性,仍足以让我望而却步。直到我到达圣阿古斯丁,路易斯·曼努埃尔·萨拉曼卡以他最坚定的信念向我保证,金查纳最黑暗的日子已经过去了。但他承认,该地区像哥伦比亚大部分地区一样,仍然受到一系列武装团体的困扰,其中包括毒贩、右翼准军事组织和反政府的游击队。为了控制资源丰富的土地和争夺"哥伦比亚革命武装力量"遗留的有利可图的走私通道,他们之间冲突斗争不断。但对我们而言,路易斯说,金查纳只不过是一个位于绿水青山之间的平静村落,只有马格达莱纳河奔流的咆哮声不间断地穿透密林打破这寂静。

———

随着太阳升起,哥伦比亚山地开始活跃起来。雾气逐渐消散:在路边的一片空地上,一位妇女正在给一头胀满乳汁的奶牛挤奶。红白条纹的公共汽车满载着学生,与马车和运货的骡车在狭窄的道路上争夺通道。随着我们的皮卡颠簸着绕过无数悬崖陡壁边的弯道,我越来越强烈地感到这广袤的景观似乎无边无涯。渐渐地,视野中不再有错落有致的尖峰或绵延起伏的山脊,但我知道我们是朝着一个方向前进。此时,所见是一片丰茂肥沃的绵延河谷,圆顶状的山丘,坐落在海拔约六千英尺且气候温和的地带。棕白花的奶牛绕过一小簇修长的树木,去往山顶寻找优质的草场。小农舍如同绿色海洋中的星星点点,似乎难以企及。除了骡道,没有任何像样的道路通往这些小屋。与此同时,深棕色的马格达莱纳河在下方两百多米的地方清晰可见,它在绿色的峡谷中奔腾,清澈的小溪和瀑布从四面八方汇入。在我们前方,云朵似乎触及静谧的大地,营造出农场或河流本身正在冒着蒸汽的错觉。

哥伦比亚的一切似乎都在建设中。在这个国家的大部分地区,修建双车道公路是下一阶段的发展目标。有了双车道,不负责任的卡车司机就不用冒着风险尝试面对面借道错车。在几乎每条主干道上,我都看到工人正在施工。此地隐于安第斯山脉,被雨水浸泡的路面经常会因为路基下面的植物根系交错,并混合烂泥而难以通行,主干道被迫关闭修复。我们也被迫取道环绕高山间的小路。前往金查纳的近两小时车程似乎没有让 64 岁的路易斯感到难以忍受。他在大部分行程中都与我站在皮卡的尾部,默默地抓住车顶行李架,以对抗路上每一个颠簸所带来的强烈震动。他精神矍铄,习惯了在乡村徒步前往田间地头。他最珍爱的是一辆外形纤细的银色自行车,他骑着它在镇上穿行,总以骄傲的口吻说起它的宝贵,如同牛仔赞赏自己的马匹一样。

路易斯拥有五官柔和的面孔,圆圆的球状鼻子,修剪整齐的灰色卷发。他的微笑给人一种安全和温暖的感觉,如同一件茸茸的毛衣。他拘谨而不苟言笑。一旦说话,语速快而声量小,让人很难听懂。最后,当我们接近金查纳时,乘客陆续下车。我们站在车尾的其他人一致坚持,路易斯才不情愿地坐进了货厢里的长凳上。

———

我们在早上 7 点半到达金查纳这个地形狭长的小镇的入口,停留在一座既是家庭住宅又是杂货店的小屋前。店主是一位名叫卡伦·马约里·萨拉曼卡（Karen Mayori Salamanca）的30岁女性。当我问起她和路易斯·曼努埃尔·萨拉曼卡是否有亲戚关系时，他们予以否认。这并不令人惊讶——在哥伦比亚的乡村，特别是在那些有着深厚家族根源和久远历史的小镇上，姓氏的重复是不可避免的。

我们来到此地是为了寻找一个名为拉盖塔纳（La Gaitana）的地方，它是一个以史前花岗岩石板雕像闻名的考古遗址。当然，附近的圣阿古斯丁的那些雄伟巨石也同样令人向往。那些巨石屹立在修剪整齐的草坪和碎石小径之上，宛如一座石头动物园，主宰着这个壮观的联合国教科文组织世界遗产公园。但是，路易斯说，拉盖塔纳的雕像则完全呈"野生状态"：它们藏匿在山腰上，被年代久远的植被覆盖。在金查纳处于禁区的时代，农民和考古学家冒着风险去守护它们，因为这些石板雕像承载着他们共同的过去。

我大致知道路易斯在金查纳的计划。他自言自语地说："最好在下雨前出发。"接着，他抬头望了望我们头顶上那厚厚的灰云，它们正钻入山谷的缝隙中。他又重复一遍："最好在下雨前出发。"

清晨的凉爽空气中弥漫着木材燃烧的气味，闻起来不错。在卡伦家门外，两个幼童在门前和街道之间的小草坪上奔跑着。一个是卡伦22个月大的女儿丹娜，她穿着绿色、沾满泥土的运动裤和一件破烂的白色衬衫，勉强遮住她圆鼓鼓的肚子。另一个是她20个月大的侄子，他穿着红色背心、短裤和黑色耐克运动鞋。这两个孩子是玩伴，一只体型庞大、令人生畏的火鸡照看着他们，那只火鸡的颔下坠着长长的红色肉垂。

起初，我对金查纳村被官方称为金查纳港（Puerto Quinchana）感到奇怪。因为它不是一个海港，而是哥伦比亚最偏远的山区小镇之一，距离任何海洋都有数百英里之遥。贯穿小镇的主干道是一条尘土飞扬的石子路。整天下来,我只看到了几辆摩托车,还有把我们带来的那辆皮卡,以及下午会把我们带回圣阿古斯丁的另一辆皮卡。道路两旁大约有十几栋小房子,构成了小镇的边界,长度约为四分之一英里。和卡伦家一样,这些房子主要是住宅,也兼作小店铺。

当天晚些时候,路易斯和我走到道路的尽头,到达宁静的金查纳河边,来到它与湍急的马格达莱纳河的交汇处。在旱季,金查纳河只是流淌在铺满石头的河床上的浅浅溪流,而在河的另一边是一条泥泞的骡道,它沿着与马格达莱纳河平行的陡峭山坡盘旋而上,最后消失在一堆岩石之中。如果沿着这条蜿蜒曲折的小径骑马连续行进两天,便能到达马格达莱纳河的源头。

路易斯说,他第一次路过这里,是在将近50年前的1968年8月,与他父亲一起。当时,他们去哥伦比亚西部探望亲戚,途经位于高海拔地区的马格达莱纳湖。然后,他们再翻过一个山口,前往考卡省(Cauca)的一个名为巴伦西亚(Valencia)的小镇。他告诉我,在20世纪期间这条路线对金查纳的发展有很大助力,它将该镇与哥伦比亚的西部边缘地区和通往厄瓜多尔的道路连接起来。在能够供汽车通行的道路修达金查纳之前很久,商人们乘着骡子和马匹沿着这条小道从圣阿古斯丁或其他地方而来,翻过山口,将各种商品运送到这个国家的其他区域。盐、玉米和粗制红糖在他们运输的商品之列,这些商品的原材料出自山区。从另一个方向运回来的,主要是来自靠近厄瓜多尔边境的伊皮亚莱斯(Ipiales)等地的加工产品,如衣物、鞋子和皮革。几个世纪以来,几乎所有在乌伊拉和考卡这两个哥伦比亚历史上最富有和最重要的省份之间运输的物品都必须经过这个山区

"港口"，从而获得了官方的名字——金查纳港。

游击战争最糟糕的时期几乎终结了这条通往马格达莱纳湖的小道上繁盛一时的贸易，也使得外地人在"港口"金查纳变得罕见。"那会儿连外国人都会来的，"卡伦在我们坐在她家门口时告诉我，"但游击战争结束了一切。"

阿利里娅·萨拉曼卡·塞马纳特（Aliria Salamanca Semanate）是镇上另一家便利店的老板，与路易斯·曼努埃尔·萨拉曼卡也没有亲戚关系。她回忆起多年前邻居农场上发生的一场需要游击队"解决"的冲突，这使得她和她的家人不得不逃去其他地方躲避了三天。她说，2004年，游击队禁止村民参加当地选举，"他们像治理军队一样统治村庄"。

与商人携带盐和粗制红糖取道金查纳不同，毒贩开始垄断通往马格达莱纳湖的道路。他们借着荒野的掩护，并通过向"哥伦比亚革命武装力量"支付"税金"以换取在他们辖区内的安全通道。在金查纳这样的地方，让人时时想起与世隔绝的感觉。要到达邻居的家，尤其是位于高山上的小村庄，需要几个小时的时间。主要的区域几乎没有警察的踪影，如果在骡道上受重伤，很可能会死亡，因为离最近的位于圣阿古斯丁的诊所有将近两个小时的车程。因此，收割和贩运非法作物成为一种几乎无法遏制的赚钱方式。在金查纳，罂粟成为了首选作物。罂粟在此地的繁荣始于20世纪90年代初，持续了大约十年。那些本不愿种植罂粟的家庭将其视为应对意外开销（如欠下的医疗费用）的解决方案。不愿种植罂粟的农民将他们的土地租给他人，同时也向"哥伦比亚革命武装力量"支付保护费。这种情况在大部分山区都存在，尤其在马格达莱纳河上游的偏远地区更为普遍。在那里，游击队和毒贩利用先前在这片土地上居住的前西班牙殖民时期印第安部落使用过的河床作为"公路"。

人们说，毒品贸易在金查纳滋生了一种无处不在的暴力氛围。"来自这些村庄的人开始制造事端，"卡伦·马约里·萨拉曼卡告诉我，"这里的周日是集市日，但你根本无法出门，因为每周都会有一两个人被杀。"丈夫们被屠杀，通常是因为无意或被迫卷入毒品交易的旋涡，留下丧偶的妻子和孩子们，苦苦找寻他们失踪的原因。在鸦片贸易衰落后，游击队撤退到荒野更深处，金查纳上空笼罩着一片诡异的寂静，它不再是昔日山中繁荣的"港口"，而是一个与周围数十个村庄无异的死寂小村子。通往马格达莱纳湖的骡道也不再是地区经济的中心，而沦为一条维护不善的徒步小径。

―――――

卡伦的房子是白色的，用木头建成，外墙的油漆已经剥落。棕色的门旁悬挂着一张普通的信纸，上面用黑色墨水写着"SE VENDE POLLO"——意为"出售鸡肉"。笔迹稚嫩，间距奇怪，仿佛出自孩童之手。房子内部有三个房间，每个房间都有特定的功能。主房间是商店，昏暗而潮湿，没有窗户。入口处放着一套塑料桌椅。房子中央的玻璃柜里杂乱无章地堆满了各种食品。泰迪熊和涂色书放在卫生用品和打火机旁边，而学习用品则与酒精、包装纸和罐装小扁豆共享一个架子。豆类、油、鸡蛋和杧果也夹杂其中。两个较小的房间在主屋的一侧。厨房很小，但足够放置冰箱、煤气灶、木制水槽和切菜台，还有一个可向外推开的窗户。卡伦一家人把食物残渣从窗口倒出。窗户外面，蝇虫嗡嗡飞舞，杂草和垃圾混杂，小鸡咯咯叫着，漫步其中。第三个房间是卧室，里面有两张低矮的双人床，上面铺着陈旧、塌陷的床垫，还有一台小型模拟信号电视机。卡伦、她的丈夫和他们的两个孩子就睡在这个房间里。

当我们早上到达时，卡伦为我们准备了丰盛的早餐。黄油炒鸡蛋，加入了切碎的番茄和葱，配上两个小玉米饼（arepas，一种扁平圆形的烤玉米饼），以及一杯浓郁的热巧克力。接下来，我们计划在卡伦的店里度过几个小时，期间不断有当地的居民前来购买食品和各类生活物资。但是首先，路易斯说，我们要抓紧利用早上的好天气徒步前往拉盖塔纳。

早上大约8点半，天气寒冷而潮湿。我们从卡伦家出发，沿着小路前行，经过一座以绿色和白色为主色调的两层楼建筑，其间充满了学生们的晨间喧闹声，然后沿着一条土路下行，走向河岸。

穿过一个荒芜的足球场，我们来到了一座摇摇欲坠的木制吊桥前，它高高地横跨在狭窄的马格达莱纳河上，连接着两岸郁郁葱葱的崖壁。尽管它似乎不起眼，但这座桥是哥伦比亚为数不多的几座直接连接该国三大科迪勒拉山脉的桥梁之一（三大山脉均为安第斯山脉的分支）。西、中和东科迪勒拉山脉从山脉群向北方扇形展开，最终分散得很远，以至于只有在最晴朗的日子才能从其中一个山脉看到另一个山脉。然而，穿过这座人行桥，我们能够在几秒钟内从东科迪勒拉山脉（金查纳）走到中科迪勒拉山脉（拉盖塔纳），因为这里的河谷宽度可以用几英尺而不是几英里来衡量。

桥入口处悬挂着一块警示牌，上面写着"仅限一只动物通过"，警告人们桥梁一次只能承受一只动物的重量。我们正行走在桥上，身后一匹马踏上了桥，随着它每一步的迈进，桥身摇摆起来，我们只得加速下桥。透过桥身旧木板的缝隙，可以窥见下方的马格达莱纳河，它在巨石和小石头间流淌，原本褐色的水因为流得急而呈现白色。此时，它仍然是一条没有被人类的手触摸过的原生态河流。我深吸一口凉爽的空气，知道马格达莱纳河岸的生态环境不能维持太久。路易斯告诉我，即使在这个山区，人们也在计划着一些事情：一个接一个的大坝将淹没马格达莱纳上游河谷最偏远的地区，几乎到了金查纳。这引发了人们对该地区巨大的环境和古迹损坏的担忧。作为一个忠诚的环保主义者，路易斯正致力于阻止这些计划的实施。

我们还需徒步大约一英里，这是我在卡伦家时就从路易斯那里了解到的。但直到我们到达桥的另一侧，面临着要攀爬陡峭泥泞的山坡时，我才意识到这一英里有多么艰难。因为事先预料到了小径非常泥泞，路易斯穿了黑色的胶鞋。而我对这片地形一无所知，我脆弱的运动鞋很快就被地面上的水和泥浆浸湿。最终，当我们半途休息时，那匹马和它的主人追上了我们。那匹马小心翼翼地踏着每一步，缓慢地蜿蜒上坡，即使背负着那些装满蔬菜和水泥的麻袋，仍保持着坚定而有力的步伐。它的主人身穿明黄色的哥伦比亚国家足球队球衣，裤子口袋里的手机播放着响亮的雷鬼音乐。声音被捂着，但我仍能辨识波多黎各歌手路易斯·冯西（Luis Fonsi）那高亢嘹亮的声线，他因一首《慢慢来》（*Despacito*）而声名鹊起。我注意到，在哥伦比亚的任何地方，智能手机似乎比2016年更普及。即使在像金查纳这样可靠信号仍然无法覆盖的农村和贫困地区，仍然可以看到智能手机的踪影。

我们彼此问候了一下。"你是唐杜比尔（Don Dubier）的儿子吗？"路易斯问他，使用尊称作为一种礼节（男性用"Don"，女性用"Doña"）。

杜比尔……路易斯没有向我提到过我们将会见到某人。

"不，先生，我是唐维克托（Don Victor）的儿子。"这个人礼貌地回答着，同时挠了挠头。对于一个刚刚不间断地爬了一半如此陡峭山坡的人来说，他的站姿异常挺拔，呼吸不疾不徐。而我则弯腰站在一旁。

"啊,好的。"路易斯思考了一会儿,"你知道唐杜比尔住在哪里吗?"

"哦,是的。"这个人等待着我们提问,出于尊重不想过多猜测我们的意图,他清楚地知道唐杜比尔住地的确切位置。"唐杜比尔住在那里。"他指着从峭壁探出的一个小小的屋顶,肉眼几乎看不到。我拿出望远镜来确认我听对了。确实,那是一个被农田和繁茂的植物掩映的色彩艳丽的居所,在悬崖边似乎摇摇欲坠。

我们和唐维克托的儿子以及他的马沿着小路走了很长的一段时间。我再次注意到路易斯的敏捷,尽管他年事已高——这次,他一有机会就会停下来捡瓶盖,此举是为儿童癌症慈善活动筹集善款。有时,他会在远离小道的某个地方发现一个塑料瓶,不辞辛劳地去捡起来,取下盖子,却将瓶子留在茂密的植被中。

走了一段时间后,陡峭的小径变得平缓了些,虽然我们仍然明显地感到在爬坡,但其实我们已经到达了山上的第一个平台并且正沿着它行走。在我们上方是陡峭的牧场,草木丰茂,通往另一个更为平坦的平台。那里有一所学校,被涂成绿色和白色。我们很快就能到达那里。在我们的左边是一片广阔的景色,俯瞰着山麓上的金查纳镇中心。在小镇上方的绿色山脉中,看不见的农舍冒着烟雾。在我们刚刚走过的那座桥的上游,马格达莱纳河蜿蜒流淌,穿越密林覆盖、云雾笼罩的高山。

在一个瞭望台上,似乎正在建造一座新的纪念碑。目前,只有石头基座已经建成,基座的两旁放着两个平坦的木制长凳。

"这将成为一座带有宗教意义的地标,守护这条小路。"唐维克托的儿子在我们路过时大声说道。接着,他又漫不经心地说:"晚上这段路会给人们带来麻烦。当你在一片漆黑中行走时,总感觉有人尾随着你。"

我几乎无法想象独自走在这条小径上,更别说在漆黑的夜晚了,山上或山下最近的电灯至少有半英里之遥。"你的话是什么意思?"我问道,不自觉地回过头看了一眼。

"即使没人尾随,"那人告诉我,"动物也能感觉到异样。有一次我骑马经过这里,突然,马像是被什么东西附身了一样疯狂地奔跑。周围什么都没有,但这并不重要,马感觉到有什么东西的存在。"

我后来得知,这个"东西"被认为是一种名为"埃尔·杜恩德"(El Duende,西班牙语中"小精灵"的意思)的神秘生物。据说,它是游荡在马格达莱纳河岸边的一种类似小精灵的鬼魂,专门寻找人和动物来附身。后来,约翰·亚历山大(Jhon Alexander),一个骨瘦如柴的10岁男孩,坐在一棵树桩上,用将近45分钟,告诉我他所知道的有关埃尔·杜恩德的一切。这些故事大部分是他的父母告诉他的:埃尔·杜恩德会抓走在河边玩耍的孩子,将他们引入被灌木丛覆盖的隧道,然后在黑暗的地底将他们杀死。曾经,当他和朋友奥马尔在玩耍时,他亲耳听到了那个生物的声音——像是婴儿在哭泣。两个男孩吓得拔腿就跑。约翰·亚历山大以他祖父讲述人生故事时淡定而庄重的口吻讲述这些可怕的故事,没有丝毫的恐惧和害怕。他身后雾蒙蒙的绵延不绝的山脉,使他的身影显得渺小。因刚刚从田野中玩耍回来,他的脸颊通红,细小的汗珠从他的脸颊上滑落下来。

尽管这些故事通常是讲给孩子听的,以警示他们要行为端正,但令人惊讶的是,许多成年人仍然接受并讲述目睹埃尔·杜恩德的情景,就像讲述任何普通事件一样。"有人说他们看见过它,它看起来像一个孩子。"卡伦在她的店里告诉我,"其他人只听到声音:有时是哭声,有时是歌声,有时是玩耍的声音,诸如此类。"

我们和唐维克托的儿子以及他的马所在的那个岩架在镇上被称为"杜恩德瀑布"（La Chorrera del Duende），因为它俯瞰着一段狭窄的急流。据传言，那个神秘生物经常在此出没。在讲述这个故事时，卡伦和约翰·亚历山大以及唐维克托的儿子都一脸严肃。

在离开杜恩德瀑布不久后，我们便与唐维克托的儿子和他强壮的马分道扬镳了。在路易斯的指引下，我们离开小径，穿过一些茂密的植被，往上攀爬到第二个平台，去拜访杜恩德小学。对我来说，每个转弯似乎都是随意的，但路易斯非常清楚我们要去哪里。这所学校只有一间长教室，学生年龄在5到11岁之间，只有一位教师。20多个孩子专心致志地做着他们的作业。当我们进来的时候，他们好奇地瞪大了眼睛，齐声问候我们："早上好！"显然，他们正在上课，而我们的出现打断了课程。路易斯和我向这位年轻但看起来有些疲惫的老师道了歉，他让我们等到孩子们课间休息时再来参观。

离学校几英尺远的地方，就是我们前来寻找的考古遗址。我第一次目睹了哥伦比亚山中著名的原住民巨石雕像。在拉盖塔纳，这些雕像相对平坦，清晰的人形图像雕刻在四英尺高的直立石板上——它们像猴子，有着宽阔的脸、圆形的耳朵和长长的牙齿。当然，真正的猴子早就不在这里了，它们早已被赶到大山密林的深处。安第斯山脉的山貘、眼镜熊和大型猫科动物的命运也是如此。

从小学所在的位置可以看到地面上有几十块小石板，标记着一块崎岖不平且杂草丛生的空地。"那是一个古老的儿童墓地。"路易斯轻声说。墓碑是黑色的巨石，长满了苔藓，有些互相堆叠在一起。据路易斯所说，多年来，因为这样或那样的原因，有些尸体已经被挖掘出来，而另一些则仍然埋在地下，直至完全分解。我想知道在过去的 50 年里，有多少外人知道路易斯带我来看的东西——有多少人会冒着被游击队袭击的风险，沿着这崎岖的小路和泥泞的骡道，徒步两小时来到金查纳，来寻找一个鲜为人知的民族的遗迹。我想知道是什么原因导致这个有着许多能工巧匠且惯于远距离通商的文明在多个世纪前消失。可能是一场规模空前的战争，或者某种无法逃脱的疾病——然而，这些都是静默的山脉守护的秘密。对于马格达莱纳河的传闻，我们只能猜测。

我们在这个墓园逗留了几分钟，尽管高大潮湿的草丛和多刺的灌木使我行动困难，但路易斯却能在各个墓地之间灵活地移动。我注意到了不同类型的简易围栏，它们被用来划定墓地界限。比如一种连接直立的木质柱子的铁丝网，以及一种特殊的门，可以通过小心地将几根削过的木棍从相应的洞中取出来解锁。这些围栏障碍并不令我和路易斯生畏，我们自由地在这些私人领地上活动。我断定这些围栏装置主要是为了防止动物闯入而不是用来阻止人类。后来，我们向几间小农舍探头窥视，想找人询问方向，却偶然看见一群妇女聚集在一起，她们一边烹饪食物，一边围绕着火光低声交谈——离山顶很近了，我们来到一座色彩华丽的住宅外，屋里正传出萨尔萨舞曲的悠扬旋律。这就是大名鼎鼎的唐杜比尔的家，他的全名是杜比尔·马尔斯（Dubier Males），担任拉盖塔纳社区委员会主席。这栋住宅有着最好的视野，可以俯瞰金查纳小镇和其后面的山脉。在我们下方，把我们带到这里的小径仿佛一条蜿蜒的棕色线条，在山坡上纵横交错，直至河岸。

杜比尔看起来很年轻，他的住宅基本上是山体的延伸，有两个梯田状的平台，屋顶与斜坡平行，覆盖着铁皮材料。一个独特的露天庭院摆放着深红色皮质沙发和两张被鲜艳的植物包围的餐桌。在他房子的后面，有一个绿水澄澈的小型养鱼场，还放着几台用以碾磨自种甘蔗的大型机器。前一天榨干的甘蔗残渣堆积在机器旁边。在更高处的山坡上种植着农作物，主要是甘蔗，还有咖啡和木薯。他请我们喝"咖啡蒂诺"，这是一种典型的哥伦比亚乡村咖啡——咖啡渣与新鲜的粗制红糖和水混合后在冒烟的柴火炉上煮沸。这种甜美的饮品用小圆杯盛装，热气腾腾，不同于土耳其或阿拉伯咖啡，它可以在一天的任何时间饮用。我一边品尝着咖啡，一边听着杜比尔和路易斯热烈地讨论着国家政治和金查纳在新时代的和平。他们是在圣阿古斯丁的一堂电脑技能课上相识的。

我们坐在可以俯瞰下方壮观峡谷的位置，"金查纳有了新的面貌。"杜比尔说，他指的是游击战争时代的结束和这个小镇的和平时代的到来。从这里往下看，农场像一块由十几种绿色拼成的被子，粘贴在山脚下，农田里浓雾弥漫升腾，直达低悬的云层。20世纪80年代，在鸦片时代和游击队抵达之前，金查纳就像是从更容易到达的圣阿古斯丁延伸出来的一个地方，吸引了许多游客。现在，人们再次强调这个小镇焕发出新的旅游潜力，尤其是作为通往马格达莱纳湖的起点。当我和路易斯在下午晚些时候沿着小镇走廊散步时，甚至还遇到几个欧洲人正在给一匹灰色的骡子和一些马装载行李，为与当地向导一起进入苔原的徒步旅行做准备。

"我现在告诉我的学生，和平进程就像买下一片废弃的农场，"路易斯补充说道，"你需要投入大量的金钱和精力，然后等待一段时间，期待结果自然呈现。"

———

在我们相识差不多一年后，我得知路易斯·曼努埃尔·萨拉曼卡被谋杀了。当时，我坐在一间大学教室里。这间教室有着古老而厚重的门，墙壁装饰着深色的木板，让坐在其中的人会生出一种沾沾自喜、飘飘然之感。直到这悲惨的消息将我拉回现实。我是通过我们在圣阿古斯丁的一个共同朋友的脸书帖子得知了他的死讯。他上传了一张灰白照片，照片中的路易斯在伏案工作，身后放着一台显微镜。从照片中正好可以看到他那圆圆的鼻子和温和的眼睛。

他们冷酷无情地杀害了他。路易斯有夜间散步的习惯，他通常会沿着宁静的草径穿过他住的社区，再经过圣马丁公园回到家中。但那天，就在离他家仅仅几步之遥的地方，有人从背后射杀了他，子弹穿过他的背部和头部。我想象着路易斯心爱的银色自行车仍然等候在家门边。"真是令人痛心疾首啊！"他的朋友只说出这样一句话。"别忘了，在哥伦比亚，每天都有一位社会领袖被杀害。"

的确，在"后哥伦比亚革命武装力量时期"的哥伦比亚乡村，暗杀已经成为一种稀松平常的社会现象：各类社会领袖和地方活动家成为组织关系错综复杂的武装团体系统谋杀的对象，这些团体认为他们威胁了自己的利益。这类事件通常发生在因为游击队解散造成的地区权力真空时期。路易斯的家人说他"和某人产生了矛盾"，尽管我只和他相处了几天，但很难相信路易斯会和任何人产生矛盾。然而，尽管性格内向，这位人类学家却是哥伦比亚土地、水资源和文化遗产的坚定捍卫者。他的这种行动主义被认为是他遇害的根本原因。的确，"社会领袖"这个定义非常广泛，而屠杀的范围也同样广泛：环保主义者因反对破坏环境的企业，如采矿和伐木，而被杀害；科学家和教师因推动教育和和平事业而被屠戮；原住民领袖因抗议侵占土地和侵犯人权而被谋杀。在这些捍卫者被清除的同时，哥伦比亚的农村地区——这里有地球上其他地方所没有的庞大生物多样性储备地，也是为我们正在变暖的地球提供至关重要的碳汇的森林所在地——在持续入侵的矿工、走私犯和牧场主的手里遭受蹂躏。保守政府似乎对这些社会领袖的事业漠不关心，因此大多数谋杀案件都悬而未断。

在路易斯被谋杀后的几天和几周里，我试图厘清谋杀细节，但困难重重。在悲伤和害怕招致报复的恐惧之间，他的亲人几乎不敢对枪杀背后的确切动机进行猜测，更不敢透露给我这个外来者。我回想起来，作为一个身处一个复杂国家的旅行者，哥伦比亚对我仍然有很多难以理解的事情。人类学家在圣阿古斯丁的遇害事件——"最杰出的圣阿古斯丁人"的命案，在国家新闻中频频被报道；在社交媒体上，人们对他为深入了解哥伦比亚过往的科学和文化做出的贡献以及他为保护这一切所作的斗争，纷纷表示钦佩。在他遇害后的几天里，数百人走上街头游行，手持蜡烛，要求为他的死给个正义的说法。人们悬赏1 000万哥伦比亚比索（近3 000美元），以寻求任何可能帮助警察找到凶手的线索。但除此之外，任何官方调查都迅速消失。直到今天，没人确切知道谁是杀害路易斯的真正凶手。

————

下午21℃的气温足够暖和，足以在金查纳诱发一种午睡的魔咒。当我们返回时，人们正回到家中准备休息几个小时。早晨，卡伦问路易斯和我想吃什么午餐——当我们要求吃鸡肉时，她透过窗户凝视着外面，微笑着回答道："吃哪一只？"

鸡肉新鲜嫩滑，炭火烧烤后搭配米饭、扁豆和粗粮玉米汤。午餐后，我们花了大约一个小时的时间试图找到金查纳最年长的人——一位名叫唐胡安（Don Juan）的98岁老人。他住在镇子尽头的小路附近，据说他可以清晰地讲述小镇的历史。根据几个村民的说法，胡安是个谜：耳朵不太好使，缺了几根手指，但仍能照料自己的生活起居。当找到他的房子时，我们惊讶地看到灰色的烟从门缝和支撑着房子的旧木板的缝隙中涌出。"他用柴灶做饭。"一个邻居告诉我们。"是不是我们的喊声不够大，他听不见？""不，他一定是出去拿木材了，"邻居猜测道，"他很快就会回来的。"

然而，除了他家里持续涌出浓烟，我们在镇上逗留了三个小时，都没有看到他半点影子。"一位98岁的老人不可能跑得那么快，而且镇上只有一条路。"我对路易斯说，希望他知道一些我不了解的事情。

"又是一个鬼魂。"路易斯狡黠地笑着回答，对话到此为止。

忽然，就像早上在圣阿古斯丁从我们身边飞驰而过的皮卡一样，一辆灰色的福特皮卡在我们计划离开的时间之前急速驶过安静的街道。机警的路易斯发出一声尖锐的口哨声，让皮卡来了个急刹车。我们碰巧遇到了一辆古代遗址维护车，正在接送一群路易斯的同事进行例行的考古遗址检查。多亏了路易斯·曼努埃尔·萨拉曼卡——最杰出的圣阿古斯丁人，我们能够意外地搭乘顺风车离开金查纳。这里本来不是我首先计划访问的地方。我们疲惫不堪、浑身污垢地坐在皮卡车的敞篷货箱里，车子在崎岖颠簸的道路上蛇行驶出镇子。就在这时，天开始下起雨来。

3. 莫汉

唐娜胡安娜的一袋金子让人对马格达莱纳河的源头着迷。当河水流经内陆地区，则由莫汉（Mohán）负责守护其中的财富。莫汉是马格达莱纳河上游——整条河流的头三分之一，从马格达莱纳湖到位于翁达（Honda）镇附近的一段无法通行的急流——最重要的神话生物。莫汉有着类似人类的特征，长而直的头发，身体被太阳永久性地灼伤。他的恶习显著：热衷于饮用哥伦比亚的甘蔗烈酒，经常被看到抽着浓烈的雪茄，以驱赶傍晚时分降落在河面的密集蚊虫群。据说他居住在马格达莱纳河最深和最险恶的漩涡中，经常从他的水下洞穴浮出水面，恐吓当地渔民。根据许多声称曾目睹他存在的人的说法，当莫汉出现时，一个不祥的黑影笼罩着河面，尖锐的哨声刺破天空。"我全身都起了鸡皮疙瘩，"一位名叫阿方索（Alfonso）的船夫回忆起他和堂兄一起捕鱼时与莫汉的恐怖邂逅，"我们飞快地跑回家。"十二年后，这次恐怖经历仍然困扰着他。

莫汉经常被指责与河流相关的事故有关。如果有人在湍急的水中溺亡，尤其是女性在河边洗衣服却莫名消失的事件（因为他以追求和劫持女性而闻名），都被说成是莫汉向人类进行复仇的行为。马格达莱纳河沿岸的居民认为莫汉的行为是为了保护河流资源不被过度开发。在马格达莱纳河流域的上游地区，莫汉的传说在托利马省最为盛行。在此地，马格达莱纳河从多山的丘陵地带跌落进潮湿的低地。在这片区域，这条河不再是狭窄的奔涌急流，它平缓地流过相对平坦的土地，分成几条支流，形成一张水道网络，蜿蜒穿过满是橘子和杧果树的斑块化土地。在历史上，这个生态系统中有着大量的鱼类和其他野生动物。但是马格达莱纳河上游沿岸的土地——以及河流的大部分其他地方——都在错误的管理下被掠夺。森林被砍伐和焚烧，人们设计并建造大坝，鱼类被过度捕捞。事实上，现在人们常常将渔获不佳归咎于莫汉。"莫汉确保渔民什么也不能捕获，"另一位船夫说道，他的家族几代人一直在马格达莱纳河上游载送乘客，"渔网在水中很沉，你会感觉到网在动，然而当收网一看，里面却空空如也。这就是莫汉的作为。"

4. 金之河

"萨尔齐（Salchi）！"费利佩·奥尔蒂斯（Felipe Ortiz）朝着一座破败不堪的建筑喊道。这座建筑建在可以俯瞰河流的石墙上。

"进来吧！"一个声音回应道，叫我们上去。我们爬过陡峭的楼梯，来到一个脏乱的露天修理店，里面堆满了备用船配件、救生衣和几十年来积攒的各种杂物。笨重的金属风扇嘎吱作响，也无法抵挡高山暖温带的酷暑和随之而来的大黑蝇。一股难闻的气味从泥泞的河岸升腾而起，飘进店里。

费利佩大汗淋漓，他是个身材魁梧的人，也是个烟民。我猜费利佩可能有点难堪：当他的侄女（我的同学）告诉他我会在他的家乡吉拉尔多特（Girardot）待几天时，他肯定没有想到我们的见面会是这样的场景。吉拉尔多特是哥伦比亚最炎热的城市之一，这是一个被诅咒的"荣誉"。大多数游客是为这里的水上公园慕名而来。他们不会停留太久，一两天后，便会乘坐三小时的大巴车，返回有着凉爽天气和舒缓小雨的波哥大（Bogota）高地。然而，我们此时却在这里，挨着河边，受到苍蝇、恶臭和白日酷暑的困扰，这一切都是我自己的错。我来吉拉尔多特是为了寻找那些阴暗的鱼市，它们散发着惨白的、抽搐的鱼的臭味，布满丢弃着鱼鳞的水坑。也是为了来看看那些被弃用的码头，如今被视为这个城市的"糟糕面"；还有马格达莱纳河，曾经是这座城市的主要景点，但现在已无人问津。

费利佩和他的家人非常热情好客，他们慷慨地为我提供了一个房间。这栋房子归费利佩 78 岁的母亲特蕾莎（Teresa）夫人所有。房子的布局是典型的哥伦比亚特色：只有一层。露天走廊上悬挂着天主教的装饰和嵌着家庭照片的相框。厨房旁边的院子可以让午后的雨水飘入，以减轻正午的闷热。我们躺在起居室的吊床上休息，周围是餐桌、电视和一个摆满热气腾腾的棕色鸡蛋的柜台。特蕾莎夫人是个活泼而虔诚的人，每天早晚都会在害羞的住家女佣安帕里托（Amparito）的陪伴下，穿过街道去念玫瑰经，做弥撒。

我抵达这个城市的当天晚上，和费利佩在一家繁忙的名为"美国汉堡"的吉拉尔多特快餐店吃晚餐。这家餐馆拥挤不堪，红白蓝配色的正餐菜单上写着西班牙语，交替播放着老式的嘟·喔普摇滚歌曲和铜管乐队演奏的萨尔萨音乐。我们戴着餐厅提供的乳胶手套，享用着几打涂满了甜味烧烤酱的炸鸡翅。为了能坐在有空调的房间里，我们额外支付了两美元。但空调却坏了，我们热得汗流浃背。

这就是吉拉尔多特给我的第一印象。第二天早上，当费利佩提议带我去我想去的那些毫无趣味的地方时，我表达了我的犹豫。

"别担心。"费利佩在我们开车去码头的路上说。此时路上挤满了街头摊贩，他们推销着新鲜的番荔枝汁和菠萝汁，我们经过了屠宰场，牛在哀鸣，羊在咩咩叫着。"黑夫人会保护你的。"他说得很平淡，就好像我应该能理解他的意思似的。

黑夫人？我肯定是听错了："谁是黑夫人？"他拉开手提包的拉链，拿出一把黑色左轮手枪。"黑夫人。"他咧嘴一笑。

费利佩把手提包紧紧绑在身上，我跟着他往前走，来到了位于码头上的一家修理店。一到店里，费利佩便迅速占用了一台风扇，将自己舒适地摆放在角落里的一个翻转的油漆桶上。亚历杭德罗·罗德里格斯（Alejandro Rodríguez），朋友们都叫他萨尔奇，坐在楼梯尽头边的小桌子旁填写文件。他穿着一件带有他公司徽标的浅蓝色翻领 T 恤，公司名叫"罗索船长的船"（Captain Rozo's Boat），徽标印在胸前的口袋上。我心里暗暗猜测谁是罗索船长。

"我敢打赌费利佩肯定告诉你要小心，因为这个区域很危险。"萨尔奇对我说。他有着明亮的大眼睛。

"是的。"我说。此外，当我们停车时，一名持有突击步枪的警察对我们怒目而视。这也佐证了此地的危险。

萨尔齐向后靠在椅子上，揉着额头，叹了口气："你看，这就是吉拉尔多特的污名。"

费利佩一直在检查地板上的一支霰弹枪，并将其上膛。他忽然插话道："等等，我只是不想……"

"费利佩，放轻松，我只是用你作为一个例子。"萨尔齐说完转向我。费利佩则继续把玩那把霰弹枪。他把瞄准镜放在眼前，假装瞄准了河流。"费利佩虽然是吉拉尔多特人，但是如果不是你要来码头，他一个人不会来这里。你明白我的意思吗？"

我明白了。要是吉拉尔多特的居民不愿意涉足河边地区，游客也不会来。

"当吉拉尔多特背弃它的港口时，"萨尔齐说，"它就变成了一个被遗忘的地方。"码头废弃后，沦为小偷和无家可归者聚集之地。20 世纪 70 年代，也就是40年前，社区开始迈出改善自我的步伐。通向水边的宽大陡峭的石阶被清理干净；"罗索船长的船"公司建造了一个崭新的、五光十色的水上餐厅，配有黄色的椅子和蓝色的桌布，供河边午餐使用。公司还配备了两艘快艇，可以让人体验在河上快速航行。萨尔齐说，和任何城镇一样，吉拉尔多特虽有它的缺点，但它正成为一个从"日落"时期转型并逐渐步入辉煌时代的例子。

在吉拉尔多特衰落之前的岁月里，这座城市以及整个马格达莱纳河流域的一切都那么光彩夺目。"罗索船长的船"公司的名字来源于已故的罗索船长，一位吉拉尔多特本地人，全名叫拉斐尔·罗索·维加（Rafael Rozo Vega）。我后来了解到，尽管他掌管的航线相对较短，却是马格达莱纳河历史上最重要、最受尊敬的船长之一，也是马格达莱纳民俗文学中的一位传奇人物。他从10岁开始在马格达莱纳河的船上工作，16岁时便成了全职船长。1939年，他找准了自己的生意——为乘客提供从吉拉尔多特到北部的一段难以通过的急流之间的渡船，乘客必须在那里下船，然后沿陆路前行数十英里，才能乘坐蒸汽船直接驶往大海的任何一个港口。这些蒸汽船（在有蒸汽船之前，通常只能乘坐由被奴役的原住民和非洲后裔所划的船）是马格达莱纳河作为自然水路赢得其"河流动脉"声誉的原因，因其将沿海地区与这个国家的中部——内陆的肥沃土地和有着凉爽气候的首都波哥大——连接了起来。

这么说起来，这段旅程似乎相对简单直接。但波哥大，这座位于东安第斯山脉高原上的内陆城市，与最近的马格达莱纳河河岸直线距离将近50英里。曲折的上坡路使得这段距离在感觉上更长。在罗索船长生活的时代，茂密的丛林间尚未修建完善的车道，让汽车可以轻松抵达波哥大高原。也没有飞机航班，可以让游客在 90 分钟的飞行时间里，从高空俯瞰马格达莱纳河蜿蜒的曲线和乳白色的水流。从河流到达首都的最常见方式是骑骡行进，旅程颇为艰辛，通常从翁达镇的急流开始，几乎不停地沿着古老的穆伊斯卡（Muisca）原住民的小道向上爬升，直到到达安第斯高原。因此，当得知波哥大与翁达以南的吉拉尔多特之间开通了直达铁路时，民众欢呼雀跃。而罗索船长正是使人们能够到达翁达南部的关键人物。没有他，乘客将别无选择，只能乘坐骡子，或被困在翁达或更偏远的地方。

从位于码头制高点的萨尔齐的办公室望去，可以看到一座横跨河流的桥梁，火车曾在上面穿行。如今，却变成了鲜有人通行的人行道。单薄的灰色桥梁，由沉闷的钢桁架构建，因年代久远和维护不周而生锈。就在河流更上游处，一座新的明黄色大桥连接两端繁忙的公路，横跨在马格达莱纳河之上，标志着这座城市将会迎来新的命运。

"吉拉尔多特从一个村庄发展成为一座城市，"萨尔齐说，"如今又重新变成了一个村庄。"随着马格达莱纳河繁荣而来的所有发展——雾霾笼罩的宽阔的街道，超过十万的城市人口——不过是一个巨大的错觉。吉拉尔多特仍然是一个披着城市外衣的村庄。现在，萨尔齐问道，这一切发展又有何意义呢？

吉拉尔多特的地位之所以崛起至如此高度，是因为其在马格达莱纳河沿岸的战略位置。它的兴衰史也是其他很多地方（从城市到不同规模的小镇）的兴衰史。仅仅因为它们位于哥伦比亚最大的河流沿岸，这些地方曾一度享有相同的声望。现在在这个国家地图上几乎没有多大分量的城镇，比如翁达、安巴莱马（Ambalema）、蒙波斯（Mompox），却在对马格达莱纳河的集体记忆中享有盛誉。它们曾在西班牙殖民地的第一批欧洲地图集中被强调和标注，而且在数十本近期由当地人和外国人写的游记和故事中也都被持续提及。

这些城镇的名称多年来基本保持不变，但历史背景迥然不同。18世纪或19世纪的旅行者依赖非洲人和原住民——最初被西班牙人奴役和征召的划手。他们几百年来在马格达莱纳河划着"champanes"（独木舟）。沿马格达莱纳河的交通运输长期依赖这些划手，他们忍受着恶劣的，甚至会致命的工作条件，并在社会中遭受广泛的歧视。绘画作品以明显的种族主义和充满兽性的笔触，刻画了他们黝黑且肌肉凸出的胳膊，和他们挥汗如雨地呐喊着舞动桨板与水流斗争的场面。19世纪哥伦比亚作家曼努埃尔·马里亚·马迭多（Manuel María Madiedo）在他的文章《马格达莱纳河的划手》（El Boga del Magdalena）中评论道："他们喧闹的呼声，夹杂着咒骂，最终消失在丛林的深处，被沉睡的马格达莱纳河的急流所吞噬。"许多划手在工作中丧生。

然而到了20世纪，划手们与那些平稳行驶在河道中心的巨大蒸汽船形成鲜明对比，沦为了凄凉的背景。在蒸汽船出现之前，河上的旅行者，即使是像"解放者"玻利瓦尔（Simon Bolivar）这样杰出的人物（他领导了反西班牙殖民统治的独立战争，并担任哥伦比亚第一个独立政权——大哥伦比亚的总统），在结束每日行程后，也不得不在丛林空地或泥泞堤岸上搭起简陋的帐篷过夜。现在，乘客可以在蒸汽船的船舱内或吊床上，躺在蚊帐里，度过夜晚。"在旅途中，河流仿佛施展了魔法，它让时间停滞。"布莱尔·奈尔斯（Blair Niles）写道。这位20世纪20年代英勇果敢的美国旅行作家，曾从吉拉尔多特乘坐蒸汽船穿越马格达莱纳河到巴兰基亚。那是丛林中蚊虫飞舞、鳄鱼遍地可见的日子。她思考着，"明天是什么？昨天又意

51

味着什么？只有马格达莱纳河，与我们分享它永恒流动的黎明、耀眼的正午、美轮美奂的日落，以及它炫目的辉煌夜晚。"

20 世纪 20 年代、30 年代和 40 年代是马格达莱纳河的"黄金时代"，当时有超过一百艘船只定期航行在河道中。在这个时期，拉斐尔·罗索成为船长罗索，并开始在吉拉尔多特的火车站和开往海岸的蒸汽船之间运送乘客。同时，作为穿越哥伦比亚崎岖内陆最实际的方式，马格达莱纳河获得了"哥伦比亚皇冠上的明珠"的声誉。

和萨尔齐、费利佩结束了谈话后，我决定搭乘一艘船进行一次简短的马格达莱纳河上游之旅。快到中午，炎热如此之甚，感觉伸手就能抓住这厚重的热空气。在吉拉尔多特，这里的热带阳光有时会强烈得难以忍受。但今天天空阴沉，太阳躲藏了起来，这是一个适合乘船的完美日子。

水上餐厅空无一人，两艘快艇在一旁静静地晃动。虽然罗索船长可能会吹嘘自己曾拥有更大的船只，但这两艘不过是纤长的小艇。每艘小艇上只有几把长椅，仅可容纳几名乘客。我们爬上其中一艘，萨尔齐试着发动引擎。他用力拽动链条，发动机"咳嗽着"开始运转。

我们缓慢驶离码头。此时，萨尔奇沉默不语，费利佩则拿出了一支电子烟，深深地吸了一口。他频繁地使用这个东西。早些时候，他曾在车上告诉我："我正试图戒烟。"说完便继续用电子烟的水果味充满他的皮卡。

我们在疾速流动的河水中逆流而上，轻柔的毛毛雨开始飘落，落在我们的脸上。跟河水本身一样，河岸也是泥泞的褐色。沿河几乎看不到任何发展的迹象，放眼望去，一片绿色。树木上堆积着垃圾和撕破的塑料袋。树林后面，在吉拉尔多特这侧的河岸边，可以看到由简陋的棚屋组成的棚户区。在岸上，孤独的男人们正在钓鱼。其中一个人站在岸边突起的岩石上向河里抛出一张大圆网。另一个人则在一艘细长的木制独木舟中,给鱼钩挂上鱼饵,连同鱼线一起抛入河中。

———

长久以来,木制独木舟一直是马格达莱纳河的核心和灵魂。在西班牙人和划手存在之前,独木舟是携带渔网及渔线的捕鱼者和被蒸汽船的兴衰大潮忽略的河畔社区居民的首选交通工具。如今,虽然许多独木舟都安装了雅马哈或日本铃木牌的发动机,可每天黎明时分,仍然有一些老式独木舟静静地滑入河中,像箭一样悄无声息地穿越水面,除了偶尔传来船桨溅起的水花和涟漪声音。我们在吉拉尔多特的河上之旅没到中午便已结束,但如果我们继续逆流而上,在几个小时内就能到达乌伊拉省的省会——内瓦,那里有一位名叫德尔芬·博雷罗(Delfin Borrero)的老人,他们家族世世代代手工制作色彩绚丽的独木舟。

我是在马格达莱纳河上一个明朗的日子里遇到的德尔芬。当时云层已经散开,阳光穿透内瓦河岸的树荫。他的工作坊位于一个泥土坡旁边,斜坡穿过一片灌木丛延伸到水边。这片被他说成"属于他"的区域里没有一栋房子有屋顶,甚至连房子都算不上。只有彩色的独木舟——每艘都涂成两种明亮的颜色,绿色和黄色、红色和蓝色——搁置在一排扭曲的树木桩上。一个穿着亮粉色连衣裙的小女孩在船上欢快地玩耍,从一艘船跳到另一艘船,而她的祖父坐在一旁,欣赏着自己的杰作。

"40年了,我一直在造独木舟。"德尔芬说。他是一个70岁的小个子,瘦瘦的,不起眼,但却似乎对我的到来很欢喜。他穿着一条红色的裤子和一件被太阳晒褪色的黄色翻领衬衫。他的手,关节肿胀,干燥如砂纸,这是长久锤打和加工木材的结果。几十年来,他工作室的位置没有太大改变,也可以说一直在同一个地方——紧挨着破败且尘土飞扬的码头,旁边是一个 40 英尺高的莫汉雕像。莫汉是马格达莱纳河这一地区的守护神。德尔芬出生在一个贫穷的渔民家庭,他买不起一艘独木舟去下河捕鱼,只能尝试着自己造一艘——尽管他既不懂技术也没有任何设备。

"我买了木板,开始一点一点地打造。没有真正的工具,只有一把斧头和一把大砍刀。"他说。他的牙齿所剩无几,说话快而兴奋:"那艘独木舟丑陋至极,基本上就是一个盒子——它一次又一次地把我弄翻在水里。"他咯咯地笑着。

"后来,来了一个外地人,他告诉我'我买你的舟'。我以不到十美元的价格把舟卖给了他,几乎是白送。接着,我用这笔钱买了一个工作台,打造了另一只独木舟,从此我的技术就越来越娴熟了。"

生意越来越好,顾客络绎不绝。某一刻,德尔芬忽然意识到,他制造独木舟比用独木舟捕鱼赚的钱更多。现在,他是这个地区首屈一指的造船匠,每艘独木舟售价约 250 美元。

"我已经制作了两千多艘各种尺寸的独木舟,"他对我说起他 40 年的造船生涯,并用手指着上周刚完工并已售出的一艘新船。它的船身被漆成亮绿色,船缘则是红色。但新船的侧板已有划痕,油漆在高温下有些脱落。"对我来说,这是一门艺术。我是这个行业的大师。"

因为只有他一人造船,所以根据概率,任何出现在可通航的马格达莱纳河上游范围内(从内瓦到吉拉尔多特)的木制独木舟,都可能出自德尔芬之手。在内瓦西侧的河岸,马格达莱纳河分成了几条支流,形成了一系列蜿蜒流动的河道,环绕着各种肥沃的定居点,这些定居点被称为"vegas"。由于植被茂密,几乎看不到人们的房子是什么样子,甚至都看不到那里是否有人居住。"这里的人靠自己的土地谋生。"一位名叫阿方索（Alfonso）的独木舟渡船工告诉我。"柑橘、橙子、番石榴、杧果——他们靠自己的收成生活。"他继续说道。为了去"大陆"内瓦，他们必须乘坐德尔芬制作的独木舟。

德尔芬的工作坊也充当了船坞的功能。内瓦的渔民在此处划独木舟出河捕鱼。返程后也在此地出售自己的渔获：在独木舟停靠的码头旁，有一个小型鱼市，用黑色防水帆布系在树上做顶棚遮雨。我看见一个男童把一桶装满看起来像可怕的鱼蛙杂交的黑色生物倒出来，铺在泥地上晾晒。

德尔芬自豪地带我参观了他工作室里展示的六艘独木舟——对我这个完全不懂船的人来说，它们看起来除了颜色不同之外，几乎一模一样。但他竭尽全力地向我解释每艘独木舟的复杂工艺：左舷和右舷侧倾斜的角度，座位之间的距离。最重要的是，我感觉到自己是很久以来第一个对他的工作感兴趣的人。"这三艘制作得非常漂亮。"他说着，把手放在一艘涂成明亮的绿色和黄色的船上。他的孙女对我们熟视无睹，只是敏捷地在这些充当她私人游乐场的带刺的木制品中跳跃。"你喜欢独木舟吗？"我问小女孩。她点点头。"你长大以后会造独木舟吗？"

没等她回答，她的祖父就抢着说："她要上学。"他脸上的微笑被一种严厉的表情取代。突然间，他似乎不再为自己的独木舟感到骄傲了。

———

让我们把思绪再拉回吉拉尔多特。随着逆风加剧，马格达莱纳河上出现了白浪。雨越下越大，打在脸上生疼。我们的船对抗着洪波，逆流前行。为了向我展示水流的强大，萨尔齐关闭了引擎。我们立刻飞快地向后漂移，倒退的速度与刚才马达推动我们向前的速度几乎一样。伴随着我们向下游漂流的是一阵响亮而不祥的嘶嘶声，有点像细沙在金属托盘上摩擦的声音。

"那声音是从河水里传来的吗？"我问萨尔齐。

"是沙子的缘故，"萨尔齐回答道，"沙子和沉积物。"

我环顾四周，发现我们正好处在河中央，两岸遥不可及。费利佩似乎也感到困惑。他试图向萨尔齐澄清："不像沙子，到底是什么声音？"他指着自己的耳朵，仿佛萨尔齐说的是另一种语言。

"这正是我想说的，这是河水冲刷沙子的声音。"

"你在开玩笑吧。"我感到很惊讶。

"你没听过这里流传的一句俗语吗？"萨尔齐感到吃惊，"Cuando el río suena, es porque piedras lleva.（当河水发出声响，是因为水里夹杂着石头）。"

"石头"这个词太宽泛了：马格达莱纳河携带的大多数可以发出响声的沉积物，单个来看，都比沙粒小。然而，数百万年来，马格达莱纳河一直是它整个流域土地沉积物、沙子和种子的主要来源，包括卡塔赫纳（Cartagena）海滩的著名白色沙滩和哥伦比亚北部加勒比海岸的大部分岛屿。

马格达莱纳河携带的沙子也讲述了这条河的衰败历史。在20世纪的大部分时间里，河岸两侧的森林被人类毫无节制地砍伐。河两岸遭砍伐后的土地被清理平整，以方便牛群吃草；大型树木，如美洲木棉、橡胶树和其他各种树木的木材被用来为船只的发动机提供燃料。失去树木和灌木根系的维系，马格达莱纳河的河岸坍塌，泥土倾泻入河中，河流因此变宽变浅。当沉积物的量大到连马格达莱纳河也难以承载，就堆积形成沙洲，使大型船只无法通行。到了20世纪60年代，马格达莱纳河上的蒸汽船和它们带给哥伦比亚的辉煌消失殆尽。

河船停运的同时，武装冲突开始升级。如果国家沦陷于游击队控制之下，这条仍然被认为是商业和交通重要枢纽的河流就会成为游击队抢夺的资产。河上的船只被负责监管沿河交通的武装团体强行逼停，检查人员，盘查货物，否则就会遭到枪击。对于许多人来说，适航性的问题再加上安全问题使得马格达莱纳河上的航行风险最终变得太大，不值得冒险。突然之间，马格达莱纳河成了一个没有人再愿意前往的地方。

———

这些沙子发出的怪异声音让我想起了关于马格达莱纳河的荣耀和衰败的故事，我在启程前怀着极大的怀旧之情阅读过这些故事。我羡慕那些在蒸汽船上目睹过马格达莱纳河黄金般晨曦的旅行者，他们还描绘过树林中猴子和昆虫的喧嚣声，以及水中海牛的叫声。而我知道，这些是我永远也没机会看到的景象。我们这一代人的生活，充斥着有关荒野被破坏和物种灭绝的新闻，受到迫在眉睫的气候灾难的威胁。我和许多人一样，一直在羡慕那些在我之前的世界中，有幸在不用担心破坏环境的情况下，体验过自然之伟大壮观的人们。

我成长在杂乱无章的纽约郊区。我的家乡已经没有太多纯天然的事物了。在那里，许多小镇上都长着郁郁葱葱的绿色植物，但同时，很多河流被生活污水和工业废水污染，地下小溪只有在其淹没地下室时才会被人注意到。房屋紧密排列，郊狼因为其对宠物构成威胁而被赶出了社区。延伸至远方的高速公路取代了大海，为我们哼唱着催眠曲。然而，我的父母，他们一个是医生，另一个是科学家，一直给我和我的兄弟们灌输一个观念，那就是没有什么比了解我们自身在自然界中的位置更重要。在郊区的家里，我们与自然世界的联系虽然微小但清晰明了，比如秋风的来临，或者即将飘落的雪的清新气息。当我们还是孩子的时候，我们偶尔会发现早在我们搬入这个社区之前就主宰着这里的大自然所遗留的痕迹——在一场暴风雨后,我们会在我们的篮球架底下发现一只藏起来的蟾蜍,或者我们的树上会萌发一颗孤独的油桃;我们会发现,那条死胡同里的石墙曾经标志着一个旧日的火鸡狩猎小道的尽头,那时,这里曾是一片树林。这样的发现是如此罕见,以至于它们对我们来说都是新闻:蟾蜍很快就吸引了十多个好奇的旁观者,而油桃则拥有了一群对抗饥饿松鼠的卫兵。

从很小的时候起,我和我的兄弟们就以这样的方式爱上了大自然。我认为,只有当你深深地爱上了某样东西,你才会真正无法忍受看到它消失。现在,每当我踏入一条河流时,我禁不住想知道水是否清澈且自由流动;每当我站在山顶俯瞰无尽的树海时,我会担心它们有一天会被推土机推倒或被烧毁。随着我年龄的增长,我渐渐了解到这是一个存在森林砍伐、塑料污染和气候变化问题的世界。任何近距离或远距离的自然探险活动都不可避免地与这种感觉联系在一起,即自然界正被我们的双手破坏。前往像哥伦比亚这样的地方,或者前往飞机航班可以抵达的任何地方,是否能够证明我的旅程最终(不公平地)对那些我会遇到的人们造成的气候损害是合理的呢?而我想与大家分享的正是他们与自然抗争的故事。

在这一刻,费利佩似乎对我不断提出的关于自然状态下的河流的问题失去了兴趣。"靠近萨尔齐,我给你们拍张照,这样他就会出现在你的书里。"

萨尔齐不愿意照相,继续指着河岸上的东西。在我们的左边,深褐色的波哥大河——一条来自首都的被严重污染且散发恶臭的支流——汇入了马格达莱纳河。"在这里,你已经可以看到水的颜色截然不同了。"萨尔齐说。

"它是黑色的。"费利佩观察后说道。

"但黑色并不总是等同于肮脏,这在人类中也是一种偏见。"他的朋友回应道,"我皮肤黑,但我每天都会洗澡。你的皮肤也黑,而你也每天都洗澡。"

"那又怎么样?"

"对马格达莱纳河来说也是一样的,每当你看到马格达莱纳河,你都会看到它的颜色像咖啡。唯一能够看到它清澈如水晶的方式是去它的源头。在其他地方,它都呈咖啡色。"

"嗯。"

在波哥大河河口的南端,我们发现了一辆蓝色的自卸卡车,它的车轮淹没在湍急的河水中,仅露出后轮的顶部。卡车的料斗里装满了湿漉漉的深色沙子,两名男子赤脚站在上面,用金属铲子抹平沙子。一艘狭长的木制独木舟停泊在水中,这艘独木舟几乎有两辆自卸卡车那么长,舟里的三名男子正将最后几铲沙子铲进卡车里。这些是吉拉尔多特的采沙工人。他们大约有20人,每天都在挖掘河床和河岸上的沙子和沉积物,然后将其卖给水泥厂。年龄最大的人已经60多岁,最小的只有15岁。他们大多数都穿着长袖的足球球衣,有的是哥伦比亚国家队的红黄蓝三色球衣,有的是多特蒙德和巴塞罗那的条纹球衣。他们下身穿着长裤,因为在齐腰深的水中待了数小时,他们的裤子被浸泡透了,又湿又沉。

"我们每天凌晨4点半开始工作,一直到下午一两点,具体时间取决于沙子的需求量。"一名叫路易斯(Luis)的沙工站在泥泞的河边告诉我。几名男子在四周闲逛,等着开饭。这里唯一的女人正在远处山上的一个简陋棚屋里准备食物。

眼下绝不会出现无沙可挖的情况。路易斯指着河中的一块叫作"太阳岛"(Isladel Sol)的沙洲——这是河中央的一个贫瘠而广阔的沙洲，距离对岸将近半英里。路易斯说，干旱期间，河水水位会降得很低，这时风险较小，他们可以直接开着卡车到沙洲上。现在，湍急的水流使情况变得复杂。"当河水如此湍急时，就很危险，"他说，"如果我们的独木舟载货过多，就有沉没的可能，我们会因此失去发动机、船只，甚至会被淹死。"

我请路易斯带我乘他的小船前往太阳岛。在那里我看到了几名站在齐腰深的水中挖沙的工人。他们在另一艘停泊的独木舟旁挥动着铁锹。旅游手册照片上阳光明媚的沙洲往往挤满了坐在五颜六色的伞下的游客，然而这片沙洲却是个痛苦的度假之地——你很难在距离那些辛勤劳作的挖沙工人仅仅几英尺之外的地方享受日光浴。这些男人在汹涌的河水中步履稳健，将河床上的沙土块挖到他们的船上。"这是一代一代的传承，子子孙孙都在河上工作……"路易斯说到一半，略去了最重要的细节：的确，他们的祖辈曾在河上工作，但是，是作为渔民和船长。现在，子孙们被迫过着远不如以前辉煌的生活，挖掘着一个世纪前摧毁了他们祖辈的饭碗但现在又为他们提供生计的沙土。

我们将小船停在沙洲旁的浅滩上。路易斯指导我迅速涉水到更高的地方。我走下小船，发现河水温暖且不自然地柔滑，可以感觉到其中悬浮的沉积物。但是泥泞的河床太软了，几乎像流沙一样，我立刻发现自己的双腿陷了进去，湿透了我卷起的裤子。一个挖沙的男人笑了笑，对他们来说，在浑浊的水中劳作是家常便饭。在沉闷压抑的热空气里，乌云层层密布，任何时候都有可能降下倾盆大雨，瞬间将他们冲走，轻而易举地把他们一天挖掘出来的沙子，甚至更多，带回到河里。

"桥梁和公路横跨河流，河运的日子结束了。"罗索船长这样描述他的职业生涯。像他的许多同行一样，这位传奇船长最终被迫结束了运输生意。对于吉拉尔多特来说，相较于下游那些直接连通海岸的城镇，这种结局来得太早。即使在最辉煌的时期，也可以窥见预示黯淡未来的信号。1925 年，一条连接吉拉尔多特与马格达莱纳河沿线其他城镇的公路破土动工，到 1950 年，奥斯皮纳·佩雷斯桥（Ospina Pérez Bridge）竣工，基本上宣告了罗索船长的命运——在那之后，他的船只大多空置，只能等着接送一日游的游客前往和离开太阳岛。

这对于一个毕生梦想成为河运船长的人来说是一个毁灭性的打击。真正了解他的人都知道，失去少年时代的马格达莱纳河，他余生都将难以释怀。哥伦比亚作家胡安·莱昂内尔·希拉尔多（Juan Leonel Giraldo）在罗索船长还活着的时候评论说："或许罗索船长已经决定在河边死去，就如同有一天他决定娶它一样。"他在文章《河流上的一些人》（Some People of the River）中写道："与此同时，他和他的人努力保存着过去的日子将会回来的梦想，盼望总有一天能再次回到马格达莱纳河上工作。"

当然，他们的梦想未能实现。20 世纪 80 年代末，在罗索船长去世的几个月前，他的家人将公司卖给了萨尔齐的父亲，后者花了几十年的时间试图重新振兴吉拉尔多特码头的河上运输，但收效甚微。吸引人的似乎只有去太阳岛度假。2016 年，萨尔齐的父亲从马格达莱纳河上的一座桥跳下。经过数天的细致搜寻，他的尸体在安巴莱马和坎巴奥村（Cambao）之间的马格达莱纳河水域被发现，离曾经罗索船长的乘客下船并继续下游旅程的地方不远。

如今，萨尔齐经营着"罗索船长的船"。这确实是一份孤独的工作，但从许多方面来说，这份工作需要一种当初让罗索船长开始他的事业那样的热爱，一种对这片水域的由衷的爱。萨尔齐曾多次在内瓦和巴兰卡韦梅哈之间航行，像他的父亲和拉斐尔·罗索一样，他对马格达莱纳河有一种本能的了解。

"这条河，"当我们驶回寂静的停泊着空船的码头时，萨尔齐对我说，"它很特别。它每天都在教你，河流每天都在变化，你永远不能说你了解马格达莱纳河。"

第二部分　马格达莱纳河中游

5. 巴勃罗·埃斯科瓦尔的河马

马格达莱纳河中游，或称中马格达莱纳河谷，横跨河流两侧，面积超过一万平方英里。这里的地貌广阔多样，河岸的一侧是森林覆盖的山脉和对野生动植物繁衍至关重要的湿地，有着极高的生物多样性；另一侧，茂密潮湿的丛林已经荡然无存，只剩下广袤的农田和牧场。

这里有将近一百万人口，分散居住在这片广袤土地上的定居点。大多数较大的城镇位于马格达莱纳河河畔，沿着河流向北延伸，像一行切叶蚁依次排列。另外，一些小型农耕村落，拥有如"狂乱村"（El Delirio）之类令人迷惑的名字，看起来则像是茫茫乡间的小斑点。

几十年来，马格达莱纳河中游也是暴力上演的主要地区。这暴力在20世纪末彻底定义了世界对哥伦比亚的看法——残酷的准军事武装组织和游击队时不时发动袭击，屡次引发屠杀和失踪事件。许多人说，正是这个地方，真正的哥伦比亚心脏地带，为马格达莱纳河赢得了众多绰号之一：血流之河（River of Blood）。

当然，众所周知，就在马格达莱纳河以西大约15英里的马格达莱纳河中游南部，臭名昭著的毒枭巴勃罗·埃斯科瓦尔拥有一个庞大的乡村庄园，被称为纳普勒斯庄园（Hacienda Nápoles）。1978年，他购买了这片产业——位于他的家乡安蒂奥基亚省的3 000多公顷土地，包括平坦的牧场和一些山丘——并立刻着手将其打造成自己的世外桃源。除了建造了数十座住宅楼、几个游泳池和一条飞机跑道外，还从非洲引进了一些动物。他的私人动物园拥有长颈鹿、犀牛、鸵鸟和河马等珍稀动物。庄园建成于20世纪80年代末，不仅为埃斯科瓦尔和他的客人提供娱乐，还彰显着主人的财富和权势。

1993年12月1日，埃斯科瓦尔在他的家乡麦德林（Medellín）庆祝44岁生日。次日，他被哥伦比亚警方枪杀。他在马格达莱纳河谷的庄园随即陷入混乱。政府接管了这些建筑物，但因无力负担饲养动物的费用，只能将它们送往国内和国外的动物园。唯一无法运输的是4头河马，它们最终逃出了围场，逃到附近的几个湖泊里。在那里，倚仗潮湿的热带气候和马格达莱纳河中游广袤未开发的土地，它们繁衍生息，茁壮生长。根据种群增长的建模估算，如今大约有100头河马栖息在马格达莱纳河谷广阔的800平方英里区域。这是已知唯一在非洲之外生活的野生河马种群，已被明确发现分布在偏远的村庄，如距离马格达莱纳河东岸约50英里的锡米塔拉村（Cimitarra），以及距离埃斯科瓦尔的旧庄园不到十英里的特里温福港（Puerto Triunfo）等城镇。它们在街道上漫步，引发了围观者的兴趣。2020年初，渔民报告称他们在北部的马甘格（Mangangué）码头看到了一头他们认为是河马的动物。如果被证实是河马的话，这意味着这些动物已经向下游迁移了大约200英里。

十多年前，两头河马，一公一母，游入了克拉鲁-科科尔纳河（Río Claro Cocorná）。这是一条温和的支流，蜿蜒流淌，离旧的纳普勒斯庄园边界不远。这两头动物在浅滩中打滚，贪婪地享用着丰茂的草和灌木，一直向东沿河前行,直到到达河流与伟大的马格达莱纳河的交汇处。克拉鲁-科科尔纳河与马格达莱纳河相汇合的地点距离任何城镇都足够远,形成了一片宽阔而宁静的水域,使得这些河马可以相对不受干扰地生活下去,因此它们一直停留在这里,如今已是一家三口。最近,母河马又怀了另一头幼崽。有消息称,这些独特的马格达莱纳河马正在变得具有攻击性,给为数不多居住在汇流处附近的渔民制造了一些麻烦。因此我决定亲自去看看这些河马。但首先,我必须前往科科尔纳站(Estación Cocorná),这是距离交汇处最近的村庄,它位于克拉鲁-科科尔纳河的河边,而不是马格达莱纳河的河边。科科尔纳站的名字在大多数地图上都无从查找,它就如同马格达莱纳河中游茫茫草地上的一个小点。

————

铁轨摩托车(motobalinera)可能是哥伦比亚最奇特的交通工具。风驰电掣的摩托车以不要命的速度穿行在密布石头和树根的狭窄丛林小径,而崭新的缆车系统连接到最贫穷的城市贫民窟,在这样一个国家,这是一个不小的壮举。因其飞驰而过时发出怪异的嗡嗡声,铁轨摩托车在一些地区被称为"小女巫"(brujita)。它的车身由一个木制平台固定在铁轨车轮上组成,摩托车发动机沿着单条铁路轨道推动车身前行。在很多地方,铁路轨道已经完全被废弃了,而在其他极少见的情况下,就像这里,孤独的货运列车几乎不按任何列车时刻表,依旧隆隆驶过。毫无疑问,货运列车不会给铁轨摩托车让路。如果二者相遇,铁轨摩托车的乘客就必须随时做好跳车的准备。

我首先找到了晚上8点能带我去科科尔纳站的铁轨摩托车。车站在震耳欲聋的麦德林—波哥大公路天桥下。夜晚一片漆黑。我曾给自己设立了一条个人行为准则：不在夜间出行，只在白天才前往沿河的新目的地。但在去科科尔纳站的路上，一系列的延误——雨天，危险的路况，一个异常慢的司机——迫使我第一次打破了这个准则。当太阳落山之后，我焦急地望着脏污的长途客车窗外，坐在我旁边的一位年长妇女察觉到了我的担忧。

"你要在哪里下车，孩子？"她问道，轻轻地把手放在我的手臂上。她看上去大约60多岁。

"一个叫圣地亚哥贝里奥（Santiago Berrío）的地方。"我回答，"你能告诉我什么时候能到吗？"

"圣地亚哥贝里奥……"她的声音减弱，挑了挑眉毛，思考了一会儿。"嗯，现在，我不知道那是哪里。我想你一定是说贝里奥港（Puerto Berrío）。你必须在三小时车程之外的特里温福港换乘公共汽车……"

"不，不，是圣地亚哥贝里奥，"我纠正道，"我到那里寻找一辆铁轨摩托车带我去科科尔纳站。"

"啊啊。"她最终记起这个地方确实存在，点了点头，"圣地亚哥贝里奥，对，就在前面。但要小心，孩子，晚上这个时候不太安全。"她递给了我她的名片，名片显示她的职业是一名公共辩护律师。"你需要任何的……"她说道。此时，我游荡的思绪回到了对夜幕降临后乡村道路上可能出现的麻烦的模糊焦虑之中。

在圣地亚哥贝里奥下车时，我特别警惕。这确实是一个容易被遗忘的小镇，只有一排房屋和紧靠公路的一个小操场。人们利用减速带让过往车辆减速停下，因此小镇的活动主要集中在公路上。轮胎修理店、小餐馆和休息站被寥寥几盏路灯的昏黄光线照亮。每家店都有自己的扬声器，当不同的雷鬼音乐同时响彻整个街道时，似乎是一场比赛，看谁能播放更大声的音乐招揽来顾客。男男女女用塑料保鲜盒兜售温热的奶酪和糕点。如果幸运的话,他们可以通过长途客车车窗的小开口一次卖出一块,换取一把硬币。

长途客车一到达,一群食物摊贩立刻围拢了过来。而我对这个地方的恐惧——不管它是理性的还是非理性的——迫使我粗鲁地推开他们。我想要找到铁轨,在走下一段通往地下通道的泥泞楼梯后,我终于找到了它。铁轨延伸至一片黑暗中,我站在铁轨一侧的草地上,在通道入口旁等了好几分钟。此地就在公路下方几英尺处,却令人惊讶地安静了许多。一只青蛙不时发出呱呱声,与随着夜幕降临而到来的尖锐且持续的鸣蝉哨音交织在一起。最终,远处的铁轨上出现了一道亮光,我感觉到有什么东西正在接近。随着光线的增强,伴随而来的是一阵嗡嗡声。"小女巫",确实有点像。

当铁轨摩托车抵达圣地亚哥贝里奥时,车上几乎坐满了人。它正在从特里温福港,即市政府所在地,返回科科尔纳站的路上。车辆的木制平台上有一家六口,坐在红的和白的塑料椅子上。在昏暗的灯光下,他们的脸色显得黝黑。我上车后,他们都站了起来,以便司机乔治可以重新排列椅子,为我腾出一个座位。等我们都安顿下来,司机立即给摩托车的后轮加速——前轮已经被拆下来,摩托车的车架固定在木制平台上——我们出发了。铁轨摩托车的速度应该没有超过每小时15英里,但吹在脸上的风和脚下铁轨上传来的嗡嗡声无疑是令人兴奋的。我们在漆黑的乡村中向北飞驰——或者至少感觉如此——穿越茫茫乡野,只有借着月光,我们才能辨别两侧草原上散布着的小草丘和沉睡的牛的轮廓。我们驶过一座横跨小溪的桥,煤焦油的铁路气味弥漫在空气中。有一瞬间,我觉得自己仿佛回到了美国,坐在一辆八节车厢的庞然大物上,前往纽约的中央车站。但后来,一只鹰从灌木丛中飞出，一条懒洋洋的狗从它在铁路旁的小憩中被惊醒，惊慌逃窜，因为铁轨摩托车才是这里的庞然大物。在我们右侧几英里远的地方，即使在白天从这段内陆铁路上也不易察觉：马格达莱纳河正与我们的铁轨平行流淌着。

黑暗时不时地被光亮刺破。萤火虫在铁轨旁的草地上闪烁，发出少见的白光而不是黄光。中科迪勒拉山脉的远山不时被闪电的耀眼光芒点亮，雷声则因太遥远以至于听不到。我们路过一间间用木板和黑色油毡搭建的单间农舍，烛光照亮了农舍居民的一张张脸庞。在皮塔（Pita）站这个圣地亚哥贝里奥和科科尔纳站之间唯一一个规模较大（大约有十几栋房屋）的居民定居点，一个照明充足的足球场将光束投向星空。

一进入科科尔纳站的范围，我们便遭遇了铁轨上迎面而来的麻烦——三名年轻人徒手推着一辆装满沙砾袋的铁路货车。通常情况下，让路是一种友好的举动：当两辆铁轨摩托车相对而行时，乘客较少的一方必须下车，将整个装置从铁轨上搬开，以便另一辆车通过。几天后，我乘坐的一辆铁轨摩托车追上了一名男子，他沿着铁轨，用桨"划"着自制的、没有发动机的装置前进。尽管他的车上装载着一大堆香蕉，但我们的方向一致，所以他不得不让我们先过去。然而面对搬运沙砾的工人，司机乔治选择了熄灭摩托车的引擎，我们将车倒推了数百英尺，直到他们到达目的地。我们看着年轻人一袋一袋地把沉重的沙砾袋从车上扛下来，倒在铁路旁已有的一堆打了围栏的沙砾堆上。接着，他们把空车从铁轨上搬开，我们才得以继续前行，终于在晚上9点左右抵达小镇中心。

———

这次关于河马的科考探险将在黎明时分开始。这艘彩色的电动游艇可以容纳我们六个人,外加一名摩托艇驾驶员和他的助手。这支队伍由当地社区领袖和地区环保科学家组成。组织这次出行的戴维·埃切韦里·洛佩斯(David Echeverri López)是科尔纳雷(CORNARE*,一个地区性环保机构)的一名年轻生物学家,负责处理河马问题。绍洛·奥约斯(Saulo Hoyos)是一名脾气急躁的退休环保科学家,也是马格达莱纳河的权威人物——他声称曾多次乘坐木筏从此处一直漂流到入海口,因此对河流的每一个弯道都了如指掌。戴维和绍洛在性格上截然不同:戴维是一个话不多的人,措辞谨慎,而绍洛则更加健谈,脾气有点暴躁。但他们都是受过良好教育的人,对周围的大自然有着深刻的理解和欣赏,或者说对大自然留给人类的东西有着深刻的理解和欣赏。他们是多年的同事,也是最亲密的朋友。

伊莎贝尔·"查瓦"·罗梅罗(Isabel "Chava" Romero)于1961年出生在马格达莱纳河一个河心岛上的一间渔棚,离附近的特里温福港不远。20世纪70年代,在她的父母离异后,她跟随父亲来到了科科尔纳站,这是众多围绕废弃的火车站而发展起来的小镇之一。从那时起,她一直住在这里。伊莎贝尔在35岁时学会了阅读和写作;之后,她获得了大学学位。作为研究的一部分,她为马格达莱纳侧颈龟(*Podocnemis lewyana*)设立了社区保护站。这种龟仅分布在哥伦比亚北部的几个河流流域,因为过去一个世纪内无法控制的栖息地丧失、龟蛋被过度采集和河流污染等原因,已经濒临灭绝。伊莎贝尔已成为哥伦比亚众多无畏的社会领袖之一,也是一位充满热情的环保主义者。她在几乎没有经济资助的情况下,仍经常带领当地人,

---

* 其全称应为 Corporation of the Negro and Nare Rivers,直译为内格罗河和纳雷河公司。——译者

进行教育性的乘船旅行，收集和保护龟蛋，并在几个月后将孵化的幼龟放归野外。我们乘坐的这艘船属于她，由她的儿子阿尔瓦里托（Alvarito）担任船长。他35岁，是一个开朗、睡眼蒙眬的肥胖男子。他的助手丹尼尔（Daniel）是伊莎贝尔的侄子，年仅23岁，笑容可掬。特里温福港环境保护局的两名女性——格洛丽娅（Gloria）和玛格达莱娜（Magdalena）——也加入了这个团队。

据说河马在一天中的任何时间都可能很活跃，但戴维告诉我，我们早早出发并不是因为这个，而是因为太阳：一旦太阳上升到一定的高度，河水的热度就会变得无法忍受。在伊莎贝尔那延伸至河边的露台上吃完鸡蛋和玉米饼（绍洛吃了一块冷的烤肉）后，我们上船出发了。

我们的船平稳地顺流而下，行驶了几分钟。坐在船头的丹尼尔成了阿尔瓦里托的眼睛，负责观察前方的航线。他时不时地指出船两侧的某个障碍物，比如倒下的树或树枝，提示阿尔瓦里托需要调整航线，或者看见水流变浅，提示阿尔瓦里托需要暂时关闭发动机漂流几秒钟。这是旱季，尽管水位较低，但水面仍然如玻璃一般剔透，可以清晰地看到铺满泥沙的河底。

晨光照亮了正从圆木上滑下来的侧颈龟，也唤醒了瓜多竹上的红吼猴。伊莎贝尔兴奋地指着每只侧颈龟，而绍洛则以一本自然指南书般的自信和精准来辨认其他每个物种。黑冠白颈鹭——这些白脖子的鸟有着灰色翅膀、橙色的喙和蓝色眼圈——在我们接近的最后一刻从它们栖息的树枝上飞起，而大白鹭则坚定地停在原地，用斜视的目光追随着我们，直到我们消失在它的视线之内。像伞一样的美洲木棉树，有着巨大的树干，高高地矗立在河边。而高大的蓝色石油挖掘机默默地站在河岸边，这些生锈的非动物标本，与周围格格不入，提醒着人们马格达莱纳河中游有着富饶的油田，是哥伦比亚最富有生产力的地区之一。

牛儿成群结队地沿着牧场的边缘缓慢前行。"对于牧场主来说，树木就像敌人一样。"绍洛摇着头说。他指出了河岸被侵蚀的情况，并告诉我，如果继续沿着马格达莱纳河向北前进，便会看到更大规模的侵蚀。在一些地方，土地仿佛被从岸上撕下，露出草地表面下的土壤层次。在更完好的地段，绍洛告诉我，因为豆科树种没有被砍伐，任凭河水冲刷，它们强壮的根系仍能将土壤牢牢地锁住。

大约向下游航行了一个小时，我们来到两河交汇的地方。戴维指着一片破旧房屋对面的空地说："有时河马会在这里吃草，就像牛一样。"

最后，我们左转绕过一个弯道，它就在那里。"欢迎来到马格达莱纳河！"伊莎贝尔拍拍我的肩膀，脸上带着自豪的微笑，"哥伦比亚最美丽、最重要的河流！"

金查纳深咖啡色的急流、吉拉尔多特和内瓦浑浊的水域、发出嘶嘶声的沉积物和波哥大河的黑色沟壑早已不见踪影。在马格达莱纳河中段，这条河看起来更像是故事中描述的那样——半英里宽，光滑而平静，两岸是平坦的土地。

我们穿过标志着主河吸纳支流的水流界线，木船因急剧的水流变化而颠簸不已。突然之间，我清醒了，默默地警惕着我们周围可能出现的河马。我们已经进入了它们定居的小河段。看着船边时不时冒出气泡，我心里不停地想着，在这里，在这里。每一次，我都错了。我满怀希望，却一次次被一根树干、一个小急流、岸上的一堆土捉弄。事实上，在这一河段中遇到这种动物是很常见的事情。戴维在我到达哥伦比亚之前在电话里向我保证过,他的水上旅行中,从没有一次没见到河马。但这就是问题的一部分。

继续往下游前进,就在河流转弯即将消失在视线时,我们接近了西岸一个不显眼的歪斜小屋。这是一个"cambuche"(简陋的住所),是马格达莱纳河沿岸许多简陋的河边渔舍之一,伊莎贝尔就出生在这种地方。这个小屋由竹子支撑,顶部用棕榈叶遮蔽。一条孤独的狗蹲守在屋前的小沙滩上,在我们接近岸边时,它开始疯狂地吠叫。据伊莎贝尔说,一位年迈的渔夫在这里生活了几十年,白天摇着他的独木舟捕鱼,接着去附近的一个河心岛收割香蕉。他的名字叫埃德尔阿多·佩雷斯(Ederardo Pérez),但大家都亲切地称他为唐皮拉(Don Pira)。当我们的船滑行到沙滩上做短暂停留时,留着浓密胡子的唐皮拉戴着一顶蓝色棒球帽,从他的小屋后面走出来。

"嗨,唐皮拉!"伊莎贝尔对他喊道。

他举起手臂示意。"好啊!"让我印象深刻的是,尽管他们住得很远,但他们似乎非常熟悉彼此。

唐皮拉带我们参观了他的小屋。一张吊床低垂在两根木桩之间。在吊床上方,棕榈叶屋顶下面放着一个平台,上面铺着薄薄的床垫。每天晚上他要爬上斜放着的一根木头,像爬梯子一样爬上平台去睡觉。在小屋后面的树林中,有一个更大的封闭建筑,木墙上长满了苔藓。这是他做饭和洗澡的地方。

他告诉我们,就在一天前,他曾与一头河马发生冲突。"这混蛋差点在那个岛上杀了我。"他指着我们面前一块绿色的土地说。这块土地看起来像是河的东岸,实际上只是一个挡住我们看到对岸的小岛。

"我只好丢下香蕉,开始跑。"他继续描述他是如何光着脚,拼命奔跑,试图逃回自己的独木舟的。"我撞到了一根木头,看看这个,"他拿起了一块长达几英寸的碎木头,"这东西扎进了我的脚后跟,扎得太深了,手指根本拔不出来。我不得不回到屋里,用钳子拔。"

"这里的河马都很凶猛吗?"我问道。我曾听说,河马是非洲最致命的动物之一,特别是在对人类发动攻击时。

"是的,主要是母河马。母河马会尾随你。你跑到哪里,它就跟到哪里,试图接近你。要么掀翻你的船,要么当你划船时从水里冒出来。它们极具危险性。"

"它们来过你家吗?"

"没有,就在河中那些岛上。"他再次指着前方小岛的河滩,"是时候停止谈论这件事了。政府应该组织力量清除它们,它们会杀人。"

戴维,言辞谨慎,静静地低头听着唐皮拉的叙述。尽管唐皮拉热烈地恳求,戴维后来告诉我,消灭这些动物不是那么容易的事。2009年,人们发现埃斯科瓦尔进口的四头最早的河马之一佩佩(Pepe),在贝里奥港的街头出没。一次为期多天的围猎活动以杀死佩佩而告终。一张泄露的照片显示,十六名哥伦比亚军人在佩佩的尸体前摆出严肃的姿势,河马湿漉漉的尸体在微弱的光线下发出微光,如同一座奖杯。这张照片引发了公众的愤怒,最终法官裁定在哥伦比亚杀害河马是非法的。我花了一些时间来体会这一裁决的讽刺意味:哥伦比亚是世界上生物多样性第二丰富的国家,盗猎、贩卖野生动物和整体生态灭绝等问题不断发生,但入侵物种河马的困境却迅速引发了法院的保护。

许多团体主张将河马迁移到动物园,以便更好地控制它们。对一些公河马进行阉割的方案也在讨论中。但每个个体数千美元的高昂饲养费用以及照料河马的危险系数，给后勤工作带来了巨大的挑战。一些研究人员确信，由于缺乏天敌和疾病来抑制河马的繁殖率，这些策略可能效果不佳。

"问题是这些动物的种群数量不断增长，"戴维告诉我，"即使对于经验丰富的专业人士来说，与它们打交道也是一项挑战。它们是庞大的动物，会反抗。"

这个地区现存大约有100多头河马，其中大多数生活在纳普勒斯农庄附近。如今这里是一个主题公园，带孩子的家庭可以购买门票进入庄园，快乐地观看河马在众多湖泊中打滚。一些科学家提出了哥伦比亚拥有河马的潜在好处，包括作为备用资源，帮助更脆弱的非洲河马种群重返自然。但据戴维称，当地生物学家最担心的是这些动物在马格达莱纳河中游的无人之地中失控繁衍。他说，河马之间的领域争端通常会导致它们长途迁移，就像这两头河马沿着克拉鲁-科科尔纳河一路来到马格达莱纳河一样。到那时，它们可能对周围的生态系统构成严重威胁，会取代当地濒危或特有的野生动物，比如海牛和侧颈龟，并通过排泄物改变河流和湿地的化学成分来影响环境。这也是唐皮拉这样的人可能会受到伤害的时候。

然而，哥伦比亚的入侵河马长期以来一直是世界各地卡通故事和标题党报道的话题，几乎被看作是与其复杂的社会和生态后果脱节的笑话。"你必须考虑到对于一个社区来说，拥有这些动物意味着什么，"戴维告诉我，"对一些人来说可能是有趣的故事，但对其他人来说则是非常危险的情况。"

当我在唐皮拉的小屋周围闲逛时，无意中听到了当地环保工作者之一，即那位名叫玛格达莱娜的女士，恳请渔夫在河马附近小心行事。"不要把渔网扔到它们旁边，"她叮嘱道，双手紧握着，"它们很危险。要小心。"

然而，对于唐皮拉来说，有河马或没有，捕鱼都是有风险的。他早些时候站在他的小屋旁告诉我，由于鱼群的大小和数量下降，沿河而居的许多人都受到了影响。他说："河水受到严重污染，同时又有太多人在捕鱼，都是穷人，所以鱼几乎没有了。我们经常挨饿。"

在玛格达莱娜向唐皮拉告辞后，绍洛匆忙地把我们赶回了小船。他对我们耽误了这么长时间感到不满，因为他看到了远处的另一名渔民，就在我们来时的方向，他想问问他早上是否看到了河马。我们向唐皮拉告别，驶向下一个渔民。他正在独木舟上休息，独木舟系在岸边的树根上，以防止被水流冲走。这艘船色彩斑斓，看起来像是由内瓦的德尔芬·博雷罗建造的。一些低垂的果树的阴影让他免受太阳的曝晒，而阳光正一分一秒变得炽热。

他指向附近一个半浸没在水中的原木，说他刚刚在那里看到一头河马浮出水面。绍洛咕哝道："我们错过了。"

"在那！"戴维指着一个巨大的球状物，突然压低着音量说道。即使在急流中，球体也纹丝不动。如果不是有眼睛，河马的头可能会被误当作一个塑料复制品。当我们的船快速地横扫而过时，它的眼睛紧盯着我们。它的耳朵偶尔会向后折，将水滴溅到身上。几天后，我们中的几个人返回此地，看到公河马和母河马站在浅水中，晒着肥胖的背部。那次，我们试图更近距离地接近它们，但结果非常危险：我们距离这对巨兽只有几米，当船试图在积满泥沙的河流浅水中穿行时，却陷在泥里，发动机熄火了。河马幼崽可能就在附近，这对河马夫妇一直用警惕的目光盯着我们。

我们感到恐慌。"它们在靠近吗？"阿尔瓦里托大声喊道，拼命尝试重

77

新启动引擎。其中一头河马转向我们，默默地打了一个哈欠，露出滴着唾液的厚厚牙齿。

我尖叫了一声，但那一刻引擎突然轰鸣作响，没有人听到我的尖叫，我们加速飞驰而去。

但现在，驶过我们第一次看到河马之地时，我们兴奋不已。回想起来，我们的行为与埃斯科瓦尔庄园的游客并没有太大的不同。阿尔瓦里托、丹尼尔和伊莎贝尔大声笑着欢呼："Esooo！ Epaaa！"玛格达莱娜、格洛丽娅和我拍照留念。就连绍洛也笑了。唯一没有反应的是戴维。当船飞速驶过时，他只是坐在那里，静静地凝视着逗留的河马。我们一刻也不停留地逃离马格达莱纳河，前往通向科科尔纳站的更平静的支流。

6．在科科尔纳站的四天

在科科尔纳站，气温经常飙升到35℃以上，空气湿度大，还弥漫着丛林的气味。人们整天都待在外面，无论工作还是休息，即使在夜间，他们的平房小屋内也酷热难当。下午时分，他们有的坐在混凝土台阶上，有的坐在树荫下的摇椅上，或者坐在自家门口，发出声响的金属风扇旋转着吹着风，等待太阳在小镇外低矮的山丘后落下。这里是如此残酷的热，如果没有亲身体验，是不可能理解的——这酷热从早上起床的那一刻起就会耗尽你身体的每一丝力量，直到你最终在黑暗中入睡。有时在幸运的夜晚，远在西部山脉上空无声无息的闪电最终会到达这里，带来倾盆大雨，冷却混凝土房屋和金属屋顶，就像冷水冲刷热锅一样。

我在这个小镇总共待了四天。戴维和绍洛只是为了我们早上的河马探险才来到镇上，一完成任务他们就离开了。我由伊莎贝尔和她的家人照顾：包括她的儿子阿尔瓦里托船长，他还是一名渔夫和摩托出租车司机；她的侄子丹尼尔，船长助手；以及她的丈夫阿尔瓦罗（Álvaro），一个很少离开家的满脸胡须的老人。这个家庭还有活泼的孩子和邻居，他们与伊莎贝尔并不都有直系亲戚关系，但属于同一个家族。这群人赤脚穿过伊莎贝尔家院子的炙热泥土地,奔向科科尔纳河清凉的河水。在河岸边,他们坐在一棵大橡胶树的阴凉下,头顶是巨大的树干和逐渐变黄的树叶。傍晚太阳下山后,他们把塑料椅子搬到街上吃晚餐,一边听手风琴音乐,一边与邻居聊天。

"在一个气候温暖的地方,那里的人也是温暖的。"我在记录哥伦比亚乡村居民生活的日记中写道。我想起了我家乡的生活,以及那里的寒冷。每天工作结束后,我们把自己锁在房子或公寓里看电视,直到上床睡觉。但我在科科尔纳站度过的所有日子截然不同。我迷恋这种户外的生活,被这种全身心的温暖所陶醉,想象着永远有家人和朋友陪伴的生活。

后来,我想知道这种温暖的生活是否和我想的完全一样。尽管科科尔纳站距离最近的大城镇只有一个小时的铁轨摩托车车程,但这个地方却让人感觉与世隔绝。也因为如此,住在此地的居民遭受着巨大的苦难和孤独。很多时候,他们的饭菜是黏糊糊的河鱼,鱼一年比一年小,整条炸熟后再剔去骨头。白天和晚上坐在一起聊天的社交文化,对许多人来说,是没有工作的不幸后果。大多数村民的工作都与非正式的资源开采相关:捕鱼、开采河底的泥沙、采摘野生酸橙。这些事情没有一个特别赚钱。那些被认为拥有"正式"职业的人,要么在油田工作,要么在像麦德林这样的大城市里的富有地主的牧场工作,白天照顾棕白相间的牛,夜晚睡在铁路旁小屋里的泥土地上。晚上,柴火炉的烟雾从墙壁上的裂缝涌出,制造出小屋从内部燃烧的幻象。

伊莎贝尔和她的家人是我所知的唯一在旅游业工作的人,更不用说生态旅游了。他们经营着我住的地方——一家位于路边的小旅馆。旅馆里有几张床位,整体通风不佳,如同被关在雪茄盒里。但是,几乎没有游客会来科科尔纳站。一天早上，我惊讶地听到几辆吉普车轰鸣着从我的窗外经过，运送来了一群来自麦德林的皮肤白皙的游客。他们由一位年轻的导游卡米洛·托罗（Camilo Toro）带领着，准备坐大型汽车内胎去科科尔纳河里漂流。导游卡米洛戴着波士顿红袜队的棒球帽，说着流利的英语，这些游客看到我后同我看到他们一样惊讶。在无法忍受的酷热中度过了几个不眠之夜后，我恨自己因为外人的到来而感到宽慰。因为他们提醒着我：我们共同享有一种不言而喻的自由和特权——与住在这里的人不同，我们随时可以离开。这让我感到非常不安。此外，我也不太清楚伊莎贝尔是否会因他们的到来赚到钱（卡米洛的家人拥有村里唯一的大房子，是一间豪华的、带空调的木屋，位于伊莎贝尔河边的房子之后，而且他们自己准备好了所有旅游装备）。但是当他们忙着准备乘船去往上游漂流的出发点时，伊莎贝尔兴奋地跟随他们四处走动。当然，她在镇上的主要项目是保护侧颈龟保护区，她依靠游客传播这个信息。因此，在游客到达之前的清晨，她去保护区收集了上一个繁殖季在孵化器中孵出的20多只黑色幼侧颈龟，放入一个大蓝桶中，准备将它们放归河里。

我们跟随这些游客的两艘摩托艇驶往上游。鹗在我们前方的河面上振翅飞翔，爪子里抓着小鱼。我们经过一棵122岁高龄的参天美洲木棉。伊莎贝尔说它是这里最高的树，人们亲昵地称它为"科科尔纳河的女朋友"。在某处，我们驶过了横跨河面的两条粗绳，两绳相距几百英尺。"这是为了让吼猴可以过河！"伊莎贝尔自豪地宣称，"这是我们整个社区努力的成果。"侧颈龟们在桶里不安地刨着，重叠在彼此身上。我不断调整着伊莎贝尔放在它们上面的巨大的象耳状叶片，以防它们受到阳光的照射。

几分钟后，所有的船只都停在了一片宽阔的河滩上。我们涉过温暖的浅水，来到岸上。当看到伊莎贝尔像抱着小孩一样抱着那个桶，游客们不知道要发生什么，互相投去疑惑的目光。伊莎贝尔拿出第一只不足六英寸长的幼龟时，人群中发出了惊叹声，孩子们兴奋地跳了起来。她把幼龟放在地上，幼龟立刻爬过沙滩上的岩石，爬向水里。

突然一个女人尖叫了起来。她饥饿的狗，一只毛茸茸的野兽，朝着幼龟的方向冲了过去。这只幼龟对此毫无觉察，如果不是狗的主人在最后一刻把狗抱住，幼龟可能永远都无法到达水里。

狗被拴住后，所有的幼龟都在伊莎贝尔的看护下被成功放归野外。现在，这成了科科尔纳河河岸上常见的景象：数十只小小的黑色爬行动物离开人们，尤其是儿童伸出的手臂，朝着水中匆匆爬行。正如伊莎贝尔所看到的，哥伦比亚人正在重新拥抱大自然。尽管资金仍然有限，但这项始于个人热情的事业最终产生了真正的影响：越来越多的人目睹了河滩上的侧颈龟。

"我十七八岁的时候，侧颈龟多得不得了……多得不得了！"几天后，阿尔瓦里托对我说，"现在，它们又回来了。总有一天，我的孩子们会看到它们的存在，这都要感谢妈妈。"

这样孤立无援的小镇意味着为了生存需要相当多的即兴发挥。阿尔瓦里托是村子里多才多艺的万事通——我第一次意识到这一点是在一个早上，他自豪地让我闻了一下他提着的汽油桶里的东西。恶臭的气味让我咳嗽并退缩到一旁。他告诉我这是一种叫"奇查"（chicha）的家酿酒，是用菠萝皮发酵制成。"酿了一年！"他宣布，"今晚，我们一起喝掉它。"我当即礼貌地谢绝了。

另一天，我看着他制作"定制灯泡"——他将两个不同的灯泡拆开，然后将它们的零件组合在一起制作成一个新的灯泡。就在这时,村里一位名叫艾卡多(Aicardo)的老人走了过来,温柔地抱着一只需要"手术"的浅褐色猫。他们告诉我,这只猫在这周早些时候做了绝育手术,现在需要拆掉右大腿上的缝线。我问绝育手术是不是在特里温福港的诊所做的。阿尔瓦里托摇了摇头,咧嘴笑了。

"你面前的正是科科尔纳站的兽医!"他说着,拿出了一把剃刀。

"你打算在哪里做?"我问,但立刻后悔问了这个问题。

"就在这里!"阿尔瓦里托和艾卡多把猫按在了那张我们一直用来吃饭的蓝色塑料桌上。艾卡多紧紧抓住猫的脖子和后背,使它无法动弹,而阿尔瓦里托则毫不犹豫地用剃刀依次割开了猫腿上的缝合线。在某个时刻,猫出于绝望,用爪子抓向艾卡多并试图咬阿尔瓦里托,以此短暂地恢复一些自控力。然而艾卡多再次猛地将它的头按下。小小的血滴从它的腿上滴到桌子上,然后滴落到泥土地上。

手术结束后,艾卡多抬手放了那只猫。它从桌子上跳下来,落到地上。"可怜的家伙。"他轻声说,那只猫一边喵喵叫,一边一瘸一拐地离开了。

―――――

"我 7 岁开始钓鱼,也开始抽烟,"88 岁的奥雷利奥·德尔加多·卡尔德龙(Aurelio Delgado Calderón)坐在科科尔纳站最大的便利店外的树荫里,手指间夹着一支香烟。他咧开没牙的嘴,露出一丝微笑:"我至今还在做这两件事。"

我在马格达莱纳河沿岸的每个小镇都设法找到最年长的居民,他们看着这条河,回忆起它曾经的模样。奥雷利奥是这些人中的一员,他已经在这个宁静的河边村庄生活了 70 多年。"马格达莱纳河,水之父,世界上伟大的河流之一，只是记忆中的幻象。"马尔克斯在他1985年的小说《霍乱时期的爱情》中如是写道。对于奥雷利奥来说，他的整个生命都发生在与马格达莱纳河紧密相连的世界中，那些记忆是平和的。

奥雷利奥出生在马格达莱纳河东侧的坎巴奥村，位于科科尔纳站的南面。他回忆起1948年与妻子和两个孩子搬到科科尔纳站时，镇上还不到三百户人家。人们聚居在火车轨道周围。这座城镇是因其巨大的火车站而建，并以此命名。该火车站为来自北部加勒比海港口城市圣玛尔塔（Santa Marta）的客运线提供服务，并贯穿该国南部，大致与马格达莱纳河的流向平行。火车，就像河里的船一样，虽然行驶缓慢，但非常豪华。一等座的优雅乘客穿着西装和礼服，在专用的餐车里用餐，品尝美酒——每当火车抵达时，镇上的人们都会涌向车站旁的轨道，欢欣鼓舞，许多人希望为旅行者提供饮料和500英里的多日行程所需的物品。

"这里曾经非常繁忙。"奥雷利奥告诉我，我们注视着一个寂静的广场。现在广场上有灯光、足球门和没有篮网的篮球架，还有高高的空荡荡的看台。他说，那个时候的镇子生机勃勃，充斥着各色商人。他们从西边巍峨的安蒂奥基亚山脉运来红薯和玉米，从附近的河岸摘取新鲜的酸橙，装上火车运走。当时河水很深，鱼很好捕。"那时真是天堂，"奥雷利奥说，"但是暴力结束了一切。"

可通航的马格达莱纳河的消失意味着不久之后整个运输线路的客运服务也宣告终结。当蒸汽船和火车停止运行，武装团体接管了这里，沿河生活不再有太多优势。虽然每隔几周，一列货运列车仍然会从科科尔纳站驶过，每年总计运送9 100万吨咖啡、石油和其他商品，往返内地和海岸。但火车站已经废弃，外地人不再来科科尔纳站了。就在同一时期，极右翼的准军事组织开始挑战"哥伦比亚革命武装力量",卷入了吞噬乡村的代理战争。

这些反政府武装,打着为国内无地贫困人口进行财富再分配的旗号,公然反对哥伦比亚政府。他们大肆绑架富有的地主,通过获取的赎金来资助他们的行动。而在20世纪70年代和80年代,随着毒品交易谋取的暴利越来越多,贩毒集团的老板们不知道如何处理大量的现金,开始购地洗钱。在富有的牧场主、美国石油公司代表以及其他与他们共同反击反政府武装的利益相关者的支持下,毒贩们转变为土地所有者,并出资建立私人民兵武装来保卫他们的资产。

这些准军事组织中最早也最可怕的是一个名叫"绑架者死亡"(Muerte a Secuestradores)的治安组织。在它于1982年成立后的前6个月里,据信这个组织谋杀了80人,迫使500人流离失所。他们在被害人家中留下笔记警告他们"离开或死亡"。在源源不断的毒品资金的支持下,准军事组织密切勾结哥伦比亚军方以及位高权重的保守派哥伦比亚政治家,将恐怖统治扩展开去:事实上,自冲突开始以来,准军事组织被指控谋杀了近十万人,其中多数是平民,并犯下了大量侵犯人权的罪行。

在如此多不同武装团体争夺该地区控制权的情况下,到了20世纪80年代,科科尔纳站的大多数居民都噤若寒蝉——只要他们不想招惹麻烦,就要学会闭嘴不发表任何观点。1982年的一个晚上,五个人被武装民兵从科科尔纳站附近一个农村定居点的家中带走杀害,这成为该镇历史上著名的屠杀事件之一。这些民兵属于一个名为"博亚卡自卫队"(Autodefensas de Puerto Boyacá)的组织,来自附近的马格达莱纳河岸港口城市——那里是恶名昭著的准军事组织温床。我在离开科科尔纳站后会经过这个地方。

被杀害的人是名声赫赫的神父伯纳多·洛佩斯·阿罗亚韦（Bernardo López Arroyave）的信徒。因神父洛佩斯·阿罗亚韦组织的社区活动引发了有关革命起义的传言，并且据传他还支持"哥伦比亚民族解放军"（它是主导马格达莱纳河中游的重要游击队组织，也是在哥伦比亚仅次于"哥伦比亚革命武装力量"的第二大游击队），自卫队计划在神父即将主持的一个婚礼上刺杀他。在得知生命受到威胁后，洛佩斯·阿罗亚韦于婚礼当天早上搭乘火车北上，逃往巴兰卡韦梅哈。当晚，武装分子出现在神父最亲密的信徒比特拉戈（Buitrago）家中。找到了比特拉戈家族的两个兄弟、一个表弟、一个叔叔和一个刚踢完足球比赛回来的朋友。他们将这五人带出房子并枪杀了他们。五人中最小的只有十岁。

这场大屠杀震惊了社区。幸存的比特拉戈家族成员也逃到了巴兰卡韦梅哈，加入了不断增加的因当地暴力而被迫流离失所的哥伦比亚流民之列。其他留在科科尔纳站的人则加入了"民族解放军"。他们将他们的战斗队命名为伯纳多·洛佩斯·阿罗亚韦和卡洛斯·阿利里奥·比特拉戈（Carlos Alirio Buitrago），以纪念他们的领袖和在那场促使人们入伍参军的大屠杀中被杀害的两兄弟：卡洛斯和阿利里奥。

后来的一天下午，我在伊莎贝尔的院子里见到了一名前"民族解放军"游击队士兵。他叫吉列尔莫·罗德里格斯（Guillermo Rodríguez），但大家都叫他帕托兰迪亚（Patolandia）。他在20世纪70年代加入了"民族解放军"，那时只有14岁。他告诉我，他之所以加入"民族解放军"，是因为他希望用一场革命改变哥伦比亚偏远地区被遗忘的农民、牧民和渔民的生活。在经过一年的战斗后，他被政府监禁了两年。这段时间内，他对游击队运动的幻想破灭了。"炸毁桥梁，绑架人质，这不是革命，"他告诉我，

"那是错误的。"一被释放，他就回到了科科尔纳站，一直从事采摘酸橙的工作。(最近的前战斗人员——主要是在过去几年中停止战斗的"哥伦比亚革命武装力量"士兵——他们背负污名，重新融入社会的过程一直阻碍重重。自 2016 年和平协议签署以来，数百名承诺重新融入社会的前战斗人员，与哥伦比亚的社会和环境领袖一样，被准军事组织和其他反叛的犯罪团体杀害。)

那天下午晚些时候，低垂而朦胧的阳光炙烤着空荡的城镇街道，88 岁的奥雷利奥向我回忆了一起铭刻在他记忆深处的特殊事件。

"有一个星期天，两个人在大白天被杀了。"他指着广场，那里现在有四名学生在安静地打篮球。"砰！砰！"他模仿了枪声，"我记得，就在那。"几十年前这样的暴力事件很常见，在近些年才渐渐平息。他更愿意回忆过去的美好时光，那时河流资源丰饶，城镇也是如此。他整天都在河滩上收集龟蛋，到博亚卡港出售——现在，因为有了伊莎贝尔的侧颈龟保护区和社区支持的龟蛋保护和幼龟放归野外的项目，这种事情变得不可想象。"她会因我说这个而杀了我，"他笑着说起伊莎贝尔，"但那时我吃了成千上万只龟。"

出于某种原因，在我们分开之前，我突然想问奥雷利奥这个一生都生活在马格达莱纳河中游地区远离大海的人，是否曾去过海边。他说他曾经在圣玛尔塔和伊莎贝尔一起看过海，那已经足够了。"大海太可怕了，"他摇着头补充说，"太危险了。"

———

奥雷利奥可以算作科科尔纳站中最年长的居民之一，而一个名叫格雷戈里（Gregory）的男孩及其家人则是这里的新移民。我在伊莎贝尔家见到格雷戈里时，这个瘦瘦的 12 岁男孩在这个小地方刚生活了不到一年。他和家人——母亲米莱娜（Milena）、继父何塞·伊斯雷尔（José Israel）、哥哥约埃尔（Yoel）以及年幼的妹妹贾丝明（Jazmín）——从委内瑞拉来到哥伦比亚。在此之前，他们生活在委内瑞拉西部季节性洪水泛滥的平原小镇。他们通过伊斯雷尔亲戚的指引来到科科尔纳站，这些亲戚在附近的农场中做工人并已在镇子里安家定居。继父何塞·伊斯雷尔在铁轨摩托车轨道上做修理工，月薪约为 250 美元。对于他们来说，科科尔纳站比委内瑞拉更安宁。在委内瑞拉，大规模的通货膨胀以及尼古拉斯·马杜罗（Nicolas Maduro）的强硬手段导致了灾难性的贫困、饥饿和暴力。自 2014 年以来，已经有超过 500 万委内瑞拉人逃离了这个在拉丁美洲存在严重人道主义危机的国家。

那个夏天，关于委内瑞拉难民涌入哥伦比亚的消息席卷全国。我在整个马格达莱纳河沿岸，都能发现他们的踪迹。我看到牛车抵达河畔小镇，夜幕降临时卸下的不是牲畜，而是移民。在电视上，摄像机记录下刚刚步行穿过边境的家庭，疲惫不堪，神情哀伤，拖着的袋子里仅装有少量私人物品。报纸上发布了统计数据：2018 年年中，我在科科尔纳站期间，大约有 90 万委内瑞拉人居住在哥伦比亚，而每月还有大约 5 万人抵达。这个数字现在已经上升到将近 200 万人。

正如在武装冲突导致人们大规模流离失所的高峰时期委内瑞拉接纳了哥伦比亚人一样，哥伦比亚也毫不犹豫地向这些移民开放了边境。我与大多数哥伦比亚人交谈时发现，回忆起自己过去的恐惧经历，他们都支持政府的这一做法。在 2021 年初，哥伦比亚政府宣布了一项具有里程碑意义的计划——允许这些移民获得临时合法身份。但这个计划并不是没有反对者。尽管研究表明，这些难民更有可能沦为犯罪行为的受害者而不是犯罪者，但将犯罪率上升归咎于委内瑞拉人的仇外言论仍甚嚣尘上。2018年，我在沿马格达莱纳河旅行途中遇到的一些人对政府吸纳新移民的举措可能带来的经济影响感到愤慨。"许多移民在委内瑞拉时都是医生、银行经理——诸如此类的高尚职业。"在离马格达莱纳河的源头不远的乌伊拉省，长途客车上的一位哥伦比亚妇女这样告诉我。但委内瑞拉的大多数难民在哥伦比亚的城镇里只能靠非正式工作勉强维持生计，许多人露宿街头。而在乡村，除了在农场做体力劳动外几乎没有其他工作机会，这位妇女担心，移民很快将威胁到她丈夫这类人的工作机会。

事实上，在科科尔纳站，工作已经很稀缺了。尽管伊斯雷尔在铁路上找到了工作。但他的兄弟，一个新移民，却只能在几英里外的一个农场工作，两三个星期才能回到村里看望妻子和女儿。伊斯雷尔的妹妹，在我见到她时只有17岁，从委内瑞拉带着一岁大的女儿来到科科尔纳站后，就辍学了。她为在村里几乎找不到任何稳定的工作而难过，只能偶尔去马格达莱纳河上帮忙开采泥沙。她大多数时间都和一个比她大六岁的男人在一起，没人知道她孩子的父亲是谁。在我离开几个月后，这两人开始交往，我听说她便完全不工作了。

这是一个周末的下午，我在这里第一次遇到格雷戈里。我和阿尔瓦里托、丹尼尔以及一些孩子们（大部分是委内瑞拉人）坐在河边，听着他们黑色的大型扬声器里传出的音乐。阿尔瓦里托正在为我播放他最喜欢的英文歌曲，而我则将歌词翻译成西班牙语逗大家开心。但他只会几首英文歌，当我正在第三次翻译绿洲乐队（Oasis）的《奇迹墙》(Wonderwall)时，格雷戈里拍了拍我的肩膀。

"嗨，你想和我一起钓鱼吗？"他害羞地问道，露齿一笑。我认出了他——他微微斜视的眼睛、白皮肤和雀斑使他与那些在伊莎贝尔家附近玩耍的孩子们有所不同——但我不记得他的名字。然而,我不会拒绝一个可以钓鱼的机会,所以我跳起来答应了。

"嘿,笨蛋!"几天前,我教了阿尔瓦里托一个亲昵的阿根廷绰号,他随即每次见到我这个"阿根廷朋友"都这样称呼我。这次,他觉得有点被冷落了。"我们正在唱歌呢!"

我笑了,"糟糕的是你这儿没有吉他。"我开玩笑说,"不然的话,我唱歌给你听。"此时,格雷戈里兴奋地跑去拿他的钓鱼用具。

几分钟后,格雷戈里拿着一卷绕在旧塑料瓶上的钓鱼线回来了,还带来一个装着一团橙色糊状物的袋子。"这是鱼饵面团。"他实事求是地说,并把袋子递给我拿着。我打开袋子,掰下一块饵料团,它感觉松松的,很容易掰开,我的手指上留下了一道橙色的像芝士条一样的印记,闻起来有点淡淡的辣椒味。

我跟着格雷戈里来到四艘独木舟旁,它们系在一起,停泊在缓缓流淌的河水中。最大的一艘被人用绳子系在岸边的一棵树上。正午的太阳炙烤着这些船,当我们爬进离岸最远的那艘船时,脚底已经被烤得滚烫。我们坐在独木舟的右舷,腿垂入凉爽而泥泞的水中,这浑浊的水是前一晚的雨搅起的。格雷戈里拿了一团饵料,挂在鱼钩上,扔进离船只有几英尺的河水中。他坐着,紧拽着鱼线。我发现鱼线一入水就开始颤动。"咬钩了。"格雷戈里说。一旦感觉到鱼咬钩,他就猛地拉线——用力之大以至于鱼钩从水中飞出——然后将鱼线拉回船里。几次尝试,他都一无所获,要么饵料团溶解了要么被鱼吃掉了。最后,在大约15分钟后,当格雷戈里拉起鱼线时,一条鱼跃出水面,鱼钩卡在了它的嘴里——它只有区区六英寸长,但有鱼总比没鱼强。后来，伊莎贝尔告诉我，这是哥伦比亚特有的鱼类，名叫哥伦比亚兔脂鲤（*Leporinus muyscorum*），可以通过其侧面的三个大黑点来识别。格雷戈里把鱼抓上来，放在独木舟炙热的底板上。它没有激烈的反抗，挣扎了几秒就死掉了。

我们用这种方式又捉到了三条鱼。当确定不会空手而归后，格雷戈里让我试了一次。经过几次咬钩，我终于能够迅速地挂上鱼饵并适时拉起鱼线。最终，我也钓到了一条同样的小鱼。不知何时，格雷戈里七岁的表妹马莉（Marley）加入了我们，她第一次抛出鱼线就钓到了一条鱼。一个多小时后，我们的皮肤被晒得发红，还染上了橙色。我们胜利涉水上岸，手里拿着五条滑腻的鱼。格雷戈里将它们去除内脏和鳞片后带回家。他很高兴，因为这些鱼将成为他们一家人晚上的炸鱼晚餐。

当我们回到伊莎贝尔家时，阿尔瓦里托和其他人冲我咧嘴笑着，我以为他们兴高采烈地等着我再次翻译歌词。但我错了。阿尔瓦里托拿出了一把木吉他。

"来吧，伙计！"他把吉他递给我。我简直不敢相信。"你们谁会弹吉他吗？"他们摇了摇头。

"一点都不会。"阿尔瓦里托笑了，"我们从神父那儿拿的。"

"我们唱什么呢？"我问，接过了他的吉他。

"《奇迹墙》！"阿尔瓦里托毫不犹豫地选择了这首歌。这是唯一一首每个人都会唱的歌。"为她唱。"他指着迈拉（Mayra），一个不比我年长多少的委内瑞拉年轻女子。她坐在椅子上，向我抛来媚眼。阿尔瓦里托每天都试图把我和不同的女孩撮合在一起，似乎什么也阻挡不了他这么做（早些时候，我见过迈拉的丈夫）。

"不，这不可能。"我回头对阿尔瓦里托说，"我们一起唱这首歌吧。"

"好的，好的。"阿尔瓦里托很兴奋，尽管他非常清楚，不断重复听一首歌并不意味着他真正理解歌词。然后，我开始弹奏和唱歌。

此时，更多的孩子和旁观者聚集了起来。格雷戈里站在我旁边，而阿尔瓦里托则嘟哝着歌词，试图跟着唱。许多成年人都在用手机记录这场"表演"。

我不知道为什么，在他们所知的所有英语歌曲中，这首歌如此引起他们的共鸣。我唱得很生硬，吉他完全走调了，而在极端潮湿的环境中调整琴弦也没有什么效果。然而，科科尔纳站的人们假装没有注意到，他们站在那儿，脸上带着灿烂的微笑，我认为这是出于尊重。事实上，虽然很难对整个国家做出概括性的判断，但我去过的每个地方所遇见的哥伦比亚人都非常尊重他人。

从那以后，我们无论遇到谁，阿尔瓦里托都要向他展示我唱那首歌的模糊视频，这成了他介绍我的方式。他会说："这是我的好朋友，傻瓜乔尔德！"但仍然不确定如何正确读出我的名字。他总是通过扬声器播放，把音量调到最大，让镇上的人都能听到。甚至在几天后，当阿尔瓦里托、丹尼尔、格雷戈里和格雷戈里的哥哥约埃尔带我坐船去马格达莱纳河沿岸最近的城市博亚卡港的汽车站时，阿尔瓦里托还找到了一些开酒吧的朋友，让他们也播放了这首歌。当我跑调的吉他弹奏和糟糕的嗓音替代了以往低沉洪亮的哥伦比亚说唱时，我羞愧难当。而阿尔瓦里托和其他人对我咧嘴一笑，一边享受着音乐，一边喝着冰爽的可口可乐。

远离科科尔纳站的宁静，来到一个算得上小城市的地方，在此种环境下看到他们四个人真的很有趣。就在几个小时前，因为河水太浅，我们的船无法启动,为了把它推入深水中,我们脱得只剩下内裤,在及膝深的马格达莱纳河里涉水行走了一英里。宁静的早晨,河水清澈,河床里没有泥沙,全是小巧光滑的石头,按摩着我们的足底,水温暖而丝滑。某一刻,阿尔瓦里托觉得他的脚趾触碰到了一条魟鱼。

在博亚卡港,混乱的街头挤满了卖果汁的小摊贩、拼车出租车、摩托车、高高地堆满食品麻袋的货车、拉着小车的驴子、推着小车的人。这里尘土飞扬,与那些静谧的乡村道路相比,完全是另一番景象。这让我想起了吉拉尔多特。丹尼尔很享受有机会路过那些有空调的服装店,每次门打开,冷气吹到他脸上,他都深深地叹口气,如释重负的样子。在送我去汽车站之前,我邀请他们去阿尔瓦里托选择的一家餐厅,享用了一顿烤肉配上米饭、豆子和扁豆汤的午餐。我很快意识到,这是格雷戈里和约埃尔数周来吃到的最丰盛的一餐。这对委内瑞拉兄弟把盘子里的食物吃得一干二净,然后仰靠在座位上,双手捧着肚子,心满意足。

————

有时,科科尔纳站是如此宁静,让人很容易遗忘它艰难的历史,甚至它动荡的现在。一个清晨,十几名持机枪的士兵在河滩上安静地走过我们身边。我们立刻注意到了,挺直了身子坐在塑料椅子上,说话也降低了嗓门。我之所以说"我们",是因为我也感到紧张——士兵们也注意到了这一点。当他们四处闲逛时,我感受到了他们的斜眼瞥视。我是个外国人。我等着,确信其中一人会走向我。但没有人走过来。"这是他们的例行巡逻。"阿尔瓦里托试图安慰我。那些士兵在这里过夜。按照阿尔瓦里托的说法,科科尔纳站非常安全,甚至不需要警察。

我与哥伦比亚军队的第一次正面接触发生在一辆长途客车上。当时我正前往乌伊拉省，途中会经过圣阿古斯丁和金查纳，靠近马格达莱纳河的源头。身穿绿色迷彩的军人示意客车停在路边。我转向坐在我旁边的两个女孩，悄声问她们发生了什么事。

"不用担心。"其中一个女孩说。她们咯咯笑着。

一名士兵上了车，命令所有男性携带行李下车。女性则可以留在车上。我不安地从座位上站起来，不小心撞到了头顶的行李架。女孩们再次咯咯笑了起来。

"你们确定我不用担心吗？"我低声问。

她们没有抬头，忙着用智能手机发送夹杂着心形眼睛表情符号的文本消息，字体巨大。显然，这种事件对她们的困扰没有对我那么大。

我们下车后发现其他士兵正等着我们。他们检查行李，并搜查了一些男性乘客。对除我以外的每个人来说，这似乎都是例行公事。乘客们不假思索地执行着所有程序：双手放在客车上，手臂外展，接受比在机场还要严格的检查。士兵们几乎没有说话，看起来非常不高兴。我注意到他们穿着系鞋带的黑色皮靴，庆幸不是游击队特有的黑色橡胶靴。几年前我曾被告知，托利马到乌伊拉的这条公路是游击队设立检查站的重点地区。在此地，乘客极有可能会遭遇抢劫或绑架。即使是夜间，在这条道路上旅行的风险仍然很大。在搜查了几名乘客后，还没有轮到我，士兵就告诉我们可以重新上车继续我们的旅程。

在科科尔纳站见到士兵的那天的晚些时候，镇上的扩音器响了起来。一个男人沉闷的声音宣布有一个重要会议将于下午4点在镇中心的广场上举行。那些士兵将出席。没有人停下来听公告。据我所知，最终参加会议的人不多，这个会议是为第二天的反腐公投活动做准备而召开的。

仅仅两年前,我在哥伦比亚度过了另一个意义更为重大的全民公投前夜:和平公投。那是 2016 年 8 月,我身处科尔多瓦省北部的锡努河河畔,一个与科科尔纳站颇为相似,名为科托卡阿里巴(Cotocá Arriba)的村庄(该村庄也有一个以社区为依托的侧颈龟保护项目。事实上,该项目的领袖,一位年轻而富有进取心的名为路易斯·卡洛斯·内格雷特[Luis Carlos Negrette]的男子,是第一个让我与科科尔纳站的伊莎贝尔取得联系的人)。这个宁静的村庄坐落在广袤的乡间湿地中,多年来一直饱受着准军事组织武装分子和游击队的折磨。和科科尔纳站一样,有关公投的话题在科托卡阿里巴(即使是如此严肃的问题)没有被广泛讨论和传播。也许是我的存在,使得这类话题成为讨论的禁忌。我在的时候,人们似乎只对告诉我有关哥伦比亚重获的安全感和吸引外国游客的潜力感兴趣。一位年长的男子计划在本周末屠宰一头猪,这显然需要做很多准备工作。所有这些都是为了说明,生活中有些事情似乎比公投更加重要。

那天下午在科科尔纳站,他们没有讨论政治或参加集会,而是准备放风筝。八月份的日子所剩无几,当干燥的风吹过这片土地时,哥伦比亚各地的人们都会用风筝舞动的色彩点缀天空。不去放风筝就等于虚度一整天的时间。我偶遇人们在伊莎贝尔家黄色房子前的马路上准备风筝。阿尔瓦里托永远是村里手最巧的人,也是风筝大师——在一群雀跃的孩子们的包围下,他每年都会用细竹片、薄纸片和五颜六色的塑料袋制作出数十个风筝。劳动分工存在明显的等级制度:阿尔瓦里托、丹尼尔和阿尔瓦里托 22 岁的继子迭戈是领袖。他们指挥年龄较大的孩子们粘贴、打结和制作更具挑战性的风筝在当天放飞。实际上,这些年龄大的孩子,大多十几岁,是最迫切想要参与放飞风筝的。其他年龄小的孩子,有些只有 4 岁,除了旁观和欣赏制作过程外,完全不敢插手。每个人都参与讨论——讨论他们现有风筝结构的稳定性,并尝试设计制作出更多新的风筝。阿尔瓦里托向我展示了最好的线,坚韧而锋利,用钢制渔线夹固定在风筝上。这种线是为最复杂的风筝准备的:一个金字塔状的巨大风筝,长达3英尺,由10个纸糊的小金字塔状的风筝拼成,涂上了黄色、红色、绿色还有蓝色。它又大又沉,在马格达莱纳河沿岸,炎热厚重的空气在河谷中下沉,很少刮风,很难想象能有足够强大的风把它吹离地面。

"我不是泼你冷水,"我在阿尔瓦里托身边徘徊着说道,此时三个孩子正围观他给铁线打结,"没有风,你们怎么能在没有风的情况下放飞这些风筝呢?"

"我们要去一个特别的地方,那里有风,风筝就能飞起来了。"阿尔瓦里托微笑着,目光还停留在铁丝上。汗珠从帽子的内圈滑落到他粗壮的脖颈上——这是哥伦比亚标志性的宽边帽(sombrebro vueltiao),用草茎细致地编织而成——最后滴落在他的深褐色T恤上,T恤背面印有浅米色的字母,写着"ALVARITO"。

"在哪里呢?"我问。

"往那边!"他回答,依然专心致志地系着铁丝,头甩向一个模棱两可的方向。

"我们怎么去那里?"

"我们骑摩托车,孩子们跑着来追。"又是那种等级制度——我不知何故居然站在了顶端。很快,在完成了最后的调试后,丹尼尔、迭戈、阿尔瓦里托和我一起骑上摩托车,迅速驶离。

阿尔瓦里托骑车时,我负责保管他最喜欢的一个长而扁平,红色、白色和绿色相间的五边形风筝。尽管我牢牢抓住风筝框架的交点,但当摩托车在村庄的街道上狂奔,我们也跟着在风中凌乱时,要保持它的稳定成为一项巨大的挑战。我们沿着铁路骑行,最终越过铁路,爬上了东边的小山。随着地势的上升,我们经过了一座无线电信号塔和一间小型维修屋。启程仅约5分钟后,一座独立的草丘出现在路旁。我们停下摩托车,侧身挤过一个带刺的铁丝牛栏,来到小山脚下,接着手脚并用爬上了草丘的一侧。在我们周围,马格达莱纳河中游的丘陵牧场和湿地一直延伸到地平线。向西,平原一直延伸到安蒂奥基亚山脉,中科迪勒拉山脉;向东,我能看到安第斯山东部山脉的嶙峋山峰。山谷里的光线逐渐拉长,满月在我们头顶清晰可见。然后,在草丘顶上,我突然感觉到了它:一股来自北方的强劲而持续的风,吹拂着我们的衬衫,小草也随之来回摇摆。

阿尔瓦里托一分钟也没有浪费,立刻放飞了我一直拿着的那个风筝。风筝线紧紧缠绕在一个旧塑料瓶上,在瓶盖下方的瓶颈处打了个结。他只需转动瓶子,释放出更多的线,风就能轻轻松松将风筝带上天空。

"一百米长的线啊。"阿尔瓦里托朝他的杰作点点头,说道。此刻它只是空中漂浮的一个点,由一根白色的曲线连接到他的手上。不可思议的是,那个沉重的金字塔风筝也成功地升上了天空。阳光穿过半透明的纸张,风筝闪烁着,舞动着,随风起伏,就像遥远大海浪花里的一个小点儿。阿尔瓦里托注意到几英里外的一个山坡上,也有人在放风筝。

"嘿!"阿尔瓦里托大声喊着,声量高过噼啪的风声。

"嘿!"是来自远处山坡的微弱回应,接着是一通听不懂的对话。

"他说他正在收回他的风筝,准备回家过夜。"阿尔瓦里托为我们这些听不到的人翻译着。果然,远处的风筝很快开始降落。"那不是我们的风筝！"阿尔瓦里托自豪地笑着。

突然，传来一阵兴奋的尖叫声——孩子们到了！冒着让人窒息的酷热和潮湿，他们跑过我们骑摩托车走过的那些曲折小路，穿过墓地，爬上山丘，终于气喘吁吁地到达。他们中的许多人都带着自己的小风筝。格雷戈里提着一个紫色的风筝，绑在一个由瓶子和线组成的装置上，这是他用来钓鱼的——这再次提醒我，科科尔纳站的大部分事物都与河流紧密相连，连风筝也不例外。"看那些野生的竹子。"我们在马格达莱纳河上时，阿尔瓦里托曾指着河岸边生长的高大野草对我们说，还有些野生竹子在水中顺流而下。"它的茎可以用来制作很多东西，"他说，"但我用它们来制作风筝。"实际上，从用于做风筝骨架的野生竹子到用于做翅膀和尾巴的彩色塑料袋，河流中漂来的各种漂浮物都可以用来制作风筝。充分利用你手头的资源——这就是成功的一半。

7. 无名氏

北边的道路旁有一个指示牌指向贝里奥港。我没有前往。在那里——一个距离马格达莱纳河河马打滚的浅水区下游两小时路程远的地方——人们前往此地的墓园去探访一些陌生人的墓地。

尸体被安放在一个个长长的矩形水泥槽内。水泥槽层层叠叠地安放着，就像五颜六色的邮政信箱。和七八十年前镇里的居民一样，这些尸体也是被河流带到了贝里奥港：他们在上游某地的冲突中惨遭杀害后，被丢进马格达莱纳河，随水流来到这里。与此同时，他们的家人一直在寻找他们的下落。

许多尸体在被冲到贝里奥港之前并非没有被注意到。仅仅在十年前，当数千人死于战争时，马格达莱纳河中部村庄的渔民经常会在一天内数次遇到浮在水中的尸体。他们脸朝下，顺水漂过，被卷入涡流或被卡在半浸泡在水里的树上。这些情景如此常见，以至于许多目击者会像忽视一根水中圆木或树枝一样无视这些尸体。更糟糕的是，他们甚至将尸体从障碍物上解脱，让其继续沿着河流缓慢前行。如果偶遇，渡轮司机和摩托艇驾驶员会加速超越他们，留下无生命迹象的尸体在其混乱的尾流中旋转，摆动。

再经过数百个城镇，数英里的路程和数个旁观者之后，有些尸体会一路漂流到加勒比海。在最后一次被沿海的渔民或货轮视而不见之后，永远消失在大海中。

但那些没有抵达海洋的尸体——那些在沿途其他地方被注意到并被拉上岸的尸体——许多都被带到了贝里奥港。这个小镇长期以来饱受与冲突相关的暴力之苦。在蒸汽船运输的时代，贝里奥港曾是哥伦比亚现代化多式联运经济潜力的一个重要典范。往返于沿海和内陆的蒸汽船在这里卸下乘客，以便他们接着搭乘向西驶往麦德林的列车。蒸汽船的来往也给小镇的货仓塞满鼓鼓囊囊的装咖啡豆和蔗糖的麻袋。其他铁路线，比如通往科科尔纳站的那条线路，将贝里奥港与北部和南部的一些地方连接起来。贝里奥港是一个战略性港口，一个贸易和交通的十字路口，一个山区居民可以下到河岸边去售卖货物的地方。

前面提到的在20世纪80年代成立的"绑架者死亡"的民兵组织，从建立之初就一直在摧毁着贝里奥港。他们屠杀农民、谋杀教师，对该地实行恐怖统治。这个充斥着走私活动的河港自那时以来就没能恢复元气：即使在我前往河流下游的时候，已是马格达莱纳河中游地区前所未有的和平时期。我手里有几个可以寻求帮助的人的名字和电话号码，但联系以后，却没有一个人愿意帮助我去贝里奥港。

但是尸体却没法选择它们的去向。三十多年前，贝里奥港的渔民们将河里的尸体打捞起来带回。他们称每个尸体为N.N.，代表"ningún nombre"，即无名氏。逐渐地，镇上墓地里的尸体越来越多：N.N.1，N.N.2，N.N.3……毕竟，这个小镇也有大量在战争中"失踪"的当地人。如此说来，为别人失踪的亲人提供最后的安息之地，对于当地那些失去自己亲人的人来说也是一种慰藉：也许有这种可能，在某个地方，某些人也会为他们的亲人做同样的事情。

据不同的统计数据，从1958年到2018年，因冲突原因，哥伦比亚大约有八万到十万人失踪。其中约有一千人被埋葬在贝里奥港——这在国家层面上几乎不值一提，但可能比哥伦比亚任何其他已知单个城镇都要多。贝里奥港的特殊之处在于其居民对无名氏们的奉献精神——有家庭安置他们，给他们取名字（有时是以他们自己失踪的亲人命名），照料他们的墓地，就像对待近亲的墓地一样——希望这会带来好运。

"每一个无名氏都被视为是一位圣人。"一个名叫埃德加·伊万·马尔多纳多（Edgar Iván Maldonado）的渔夫在电话里告诉我。他是最早把无名氏们送到贝里奥港的人："人们给墓碑涂色，给尸体取名字，并向他们祈求好运降临。"有些人将他们成功的感情关系，富有的爱人，甚至彩票中奖都归功于他们安置的无名氏。

最近这段时期，人们告诉我，在整个马格达莱纳河流域，尸体顺河漂下的情况逐渐减少。在贝里奥港，居民们说，战争带来的麻木感开始减退——看到一具蓝色的、浮肿的尸体在波涛汹涌的河水中，比在过去的岁月里更加令人震惊和意外。但这也意味着贝里奥港的居民越来越少地看到它们抵达河岸——对那些仍然希望有自己安置的无名氏的家庭来说是个不祥的信号。来自该镇的传言说，为了不引起小镇居民之间的争斗，任何罕见的新到尸体现在都被埋葬在远离无名氏主要墓地的地方，藏在没有标记的坟墓里，远离想要猎奇的人。就像在这个国家的其他地方一样，无名氏们再次被遗忘。

8. 马格达莱纳河的人质

我坐上了一辆长途客车,前往哥伦比亚最小的主要城市,碰巧也是最富有的城市之一——巴兰卡韦梅哈。在许多标准下,巴兰卡韦梅哈既不是旅游胜地也不是国家的骄傲,但那里有为数不多仍在马格达莱纳河上航行的类似独木舟的小型客运快艇。我乘坐的船只将在两天后的黎明出发,六小时顺流而下,如离弦之箭一般,将我带到离传奇小镇蒙波斯不远的地方。

尽管发展滞后,但人口比许多美国郊区还要少的巴兰卡韦梅哈,却在这个国家过去半个世纪的衰落中艰难前行,至少在经济方面成为马格达莱纳河流域最重要的城市之一。城市上空矗立的生锈烟囱很快揭示了原因:石油主宰着这个河边小城。每天下午,随着风向改变,千百个油灯的臭气弥漫到这里每个家庭和店铺的角角落落。

可以理解的是,对外界而言,巴兰卡韦梅哈不过是一个充满油腥味的港口城市,它的沙洲因炼油厂的污染变得泥泞且灰暗。然而,尽管它有不受欢迎的声誉,但我发现巴兰卡韦梅哈的一些地方相当迷人,尤其是作为一个商业和工业城镇。每隔几个街区就会有一个三层楼的露天购物中心,这些购物中心的所有摊位都出售仿冒手机配件或印有广告的拉丁美洲各国足球队球衣。在一些街区，网格状的街道布局和绿树成荫的林荫大道几乎让人感觉置身于美国。实际上，这样的比较并不算离谱：在1961年由哥伦比亚国家石油公司（Ecopetrol，该国最大的石油公司）接管之前，你可能会把巴兰卡韦梅哈误认为是得克萨斯州的石油城。美国标准石油公司（Standard Oil Company）和埃克森美孚（Exxon Mobil）的子公司在20世纪20年代率先在此发展石油业，以一己之力将它从寂静的马格达莱纳渔村变成了一个拥有近20万人口的大都市。美国的石油工人乘坐奢华的"马格达莱纳号"游船从加勒比海岸出发，涌入这个城市。为了服务自己的家庭，他们还开办了私立学校。虽然大多数美国人早已离开，但其中一些双语学校仍延续至今。

我预订了拉迪森酒店的一个房间，这是近年来在巴兰卡韦梅哈新开业的几家酒店之一。它很现代，有厚厚的玻璃窗户，共有十几层楼。在屋顶露台上，有一个时尚的酒吧和餐厅，里面的藤椅配备了软垫。年轻而有主见的出租车司机在我到达时似乎对我感到失望。

"如果你对马格达莱纳河感兴趣的话，你应该住在皮帕顿酒店，"他说，"它将在一两天内永久关闭。它是巴兰卡韦梅哈的明珠，也是马格达莱纳河的明珠。"他摇了摇头："你应该去那里看看。"

我思考了一下，皮帕顿酒店，我从未听说过这个地方。当然，我对巴兰卡韦梅哈的了解十分有限——尽管从经济角度来说，它是沿河最重要的城市之一，但我来这里的唯一原因是为了找到继续通往河流下游的交通工具，而且此地似乎没有太多可供游客参观的地方。太阳西沉，我飞快地谢过司机下了车。夜晚的炎热扑面而来。前往北方的快艇还有36个小时才开，因此我想要寻找一种方式，在这个城市度过我剩余的时间。也许拜访皮帕顿酒店是个好选择。

必须承认,我完全没有料到,即将关闭的哥伦比亚最华丽的酒店正在为老年人举办水中有氧运动课。那是一个星期一的下午,大约4点。风刚刚改变了方向,炼油厂的热气流飘过华丽的皮帕顿酒店的拱门和露天走廊,进入中央庭院。那里的老式金属椅子和宽大的绿色遮阳伞俯瞰着一个闪耀的蓝色矩形游泳池。老太太们在泡沫浮板上漂着,似乎毫不介意这种气味。我们这些没有泳衣和泳帽的人(主要是她们的丈夫,还有我)只能羡慕她们在水中的凉爽。酒店剩下的员工正忙碌着完成他们最后的工作——打扫阳台,以及照料泳池旁无人光顾的酒吧。

这家酒店的总经理奥斯卡·卡斯蒂利亚(Oscar Castilla),偶尔会走出他装有空调的办公室,来查看酒店的活动。他是一位60多岁皮肤黝黑的矮个男子,白头发梳得油光锃亮。当我早上第一次见到奥斯卡时,我们用西班牙语交谈了几分钟,然后他告诉我他在美国生活了近30年。

"拜托,伙计,"我切换到英语,笑着说,"你的人生一定很有趣。"

"我是越战老兵,"奥斯卡笑着回答,声音盖过了一台大型金属风扇的嘈杂声,"我在纽约市立学院获得了学位。"

那你为什么来了巴兰卡韦梅哈?我心想着,还没等话说出口,奥斯卡就问了我同样的问题。我早已习惯了被问到这样的问题。我第一次回答这问题是在我的第一次哥伦比亚旅行中。那是在拉德里耶罗斯,我和科洛还有维斯玛尔躺在吊床上。这些问题在圣阿古斯丁、科科尔纳站,以及现在的巴兰卡韦梅哈都陆续被问到。"我为什么来"的问题不可避免地引发关于"我是谁"的后续问题,而后者就不太容易说清楚了。我是阿根廷人吗?我的口音暴露了这一点，但又不全是。我来自哪里？纽约——那更说得过去。那我的姓氏，是什么？阿拉伯人，中东人，好吧，哥伦比亚也有这个姓氏。但我的宗教信仰是什么？我对我的宗教信仰是笃定的，但它通常是最棘手的问题，因为每个犹太人都知道我们有时是不受欢迎的。

我经常思考自己是如何成了这么一个多种族和多文化的混合体的。我母亲的祖辈生活在巴格达曾经富裕显赫的犹太社区中。为了逃离那个充满宗教迫害、肆意监禁和滥用绞刑的世界，她和她的家人身无长物，于20世纪70年代来到了纽约。我的父系曾祖父母是来自大马士革和阿勒颇的工人阶级犹太人，在20世纪初面临奥斯曼帝国强制的非穆斯林兵役，他们乘船逃到了布宜诺斯艾利斯，在那里我的祖父母在贫穷和饥饿中长大。我的祖父在阿根廷获得了医学博士学位，他是家族中第一个上大学的人。在娶了我的祖母后，他们搬到了布鲁克林。而我的父母，也许是命运的安排，刚进入曼哈顿医学院的第一周，就在自助餐厅排队时相遇了。

我的父亲是叙利亚裔阿根廷人，母亲是伊拉克人，作为他们的孩子，我和我的兄弟却在纽约市郊长大，成长的环境中充满西班牙语、阿拉伯语和希伯来语。因为我父母唯一使用的共同语言是英语，所以我们家里说的是英语。直到我开始在中学学习西班牙语，我支离破碎的西班牙口语才最终拼凑在一起。

也许关于我最美国化的一点是，在这个我出生并度过了目前整个人生的美国家中，我一直感觉有点格格不入。我奇怪地发现：我越是去那些偏远和被误解的地区旅行，我就越被迫一遍又一遍地向我遇到的不同类型的人解释自己——一旦回到家，我就越能更好地理解自己的身份。也许，这是我被哥伦比亚、马格达莱纳河和像巴兰卡韦梅哈这样的地方所吸引的主要原因之一。

以上这些事情我没有对奥斯卡说,而是含糊地说了一些关于我对过去事物感兴趣的话。很久以前,巴兰卡韦梅哈和皮帕顿酒店并不偏僻:皮帕顿酒店建于1943年,是往来于波哥大的乘客的首选酒店,也是哥伦比亚首都和海岸之间的物流中点。即使不再有大量游客乘船而来,但它仍然保持着作为城里富人聚集地的声誉。巴兰卡韦梅哈的上层社会阶级来皮帕顿酒店的大型游泳池里游泳,一边在铺着红色桌布且冷气充足的餐厅里品尝美食,一边俯瞰河流的壮丽景色。

我和奥斯卡相谈甚欢,于是他邀请我一起吃午餐。或许是因为距离酒店关闭只剩下三天,他也没有什么事情可做,他向我讲述了自己的生活,以及他管理多年的酒店的故事。那个星期一中午,餐厅座无虚席,老年夫妇组成的团体正享用着当天的午餐:牛排、米饭和色彩鲜艳的沙拉,以及开胃汤和奶油圣代冰激凌。没人注意到,酒店里几乎所有的房间都是空的,因为酒店没有明确的标识宣告其即将关闭——除了一位历史爱好者,按照奥斯卡的说法,因爱上了这栋建筑,所以想要在它营业的最后几天里成为最后的客人。在主楼层,宴会厅是唯一显得空旷的地方,天花板上的众多吊扇静止不动,悬挂在红色瓷砖铺成的舞池上方。宴会厅的拱形门,曾经都是用从米兰进口的玻璃制成的,如今,它的木制框架已经腐烂。

"现在这些都是廉价的有机玻璃。"奥斯卡一边说着,一边用力敲打它们,发出塑料被敲击的声音。

————

皮帕顿酒店的故事始于16世纪。它的名字与印第安雅里吉部落(Yariguí tribe)的首领皮帕顿酋长相同。这个部落曾经居住在酒店现在所在的这片土地上,也就是河东岸茂密的森林里。

1536年,西班牙殖民者贡萨洛·希门尼斯·德克萨达(Gonzalo Jiménez de Quesada)和他的手下在前往马格达莱纳河(当地印第安人称之为"友谊之河")的探险途中偶然遇到了雅里吉部落。大河的水位因暴雨而急剧上升,再继续前行将危险重重。德克萨达观察发现:"水位涨得很高,河水漫出河岸,淹没了土地和田野,人无法在河边行走。"

这名殖民者指示他的手下在内陆建立营地,以度过雨季剩余的几个月。而在随后的几年里,西班牙人对雅里吉部落发动了多次残酷的袭击。雅里吉部落的酋长皮帕顿与妻子雅瑞玛(Yanima)进行了激烈的抵抗,并数次逃脱了抓捕,但最终被击败。据传闻,西班牙人把首领皮帕顿的脚后跟砍掉后,将其流放。数十年的战争之后,仅有少量的雅里吉人幸存下来,但在随后的几个世纪中,他们大多数却因感染殖民者带来的疾病而死。这是一场漫长、残酷、历经数代的消亡。直到20世纪,石油投机者在雅里吉这片土地上砍伐森林、开采石油,该部落最终灭绝。

西班牙人将该地区称为Barrancabermeja,其中"barranca"意为"河谷","bermeja"意为"赤褐色",这个词反映了马格达莱纳河中游地区特有的红褐色河岸。1936年,正好是德克萨达登陆400周年,计划中的巴兰卡韦梅哈国家酒店开始兴建,最终该酒店以殖民者最强大的对手皮帕顿的名字命名。

这家酒店坐落于巴兰卡韦梅哈南部一个堪称黄金地段的河湾。距离炼油厂很远,只能远远看到一点火苗。这里是巴兰卡韦梅哈小小的"旧城",很难想象它曾经像卡塔赫纳、圣胡安(San Juan)或哈瓦那(Havana)的殖民时代建筑那样,有着粉色外墙和鹅卵石铺就的街道。在街角,有第一座教堂的遗址，那是一座建于1601年的简陋草屋；在街对面的另一个角落，有一栋建筑，里面展示着巴兰卡韦梅哈历史上第一部电报机和电话。

马格达莱纳河的黄金时代，也是皮帕顿酒店的辉煌岁月。夜复一夜，舞厅里乐音绕梁，歌舞不休。直到黎明破晓，穿着白色西装和礼服的游客才会回到船上的房间里休息几个小时，然后继续他们的河流之旅。来自整个南半球的歌手都前来表演，皮帕顿酒店很快就作为哥伦比亚酒店业的明珠而声名鹊起。

接下来的故事就众所周知了：20世纪60年代，蒸汽船旅行减少，皮帕顿酒店的生意也跟着变得萧条。尽管偶尔还有客人，主要是那些前来与在此永久建厂的石油公司做生意的人。20世纪40年代，石油公司砍伐了森林，那些在仅存的荒野中躲避殖民者的雅里吉人也惨遭杀害。20世纪80年代，酒店破产后被废弃，沦为无业游民混迹之地。20世纪90年代，当地政府资金的注入使其重获生机。1999年，一位私人老板以30万美元的价格购入皮帕顿酒店，并决定聘请自己的好友奥斯卡·卡斯蒂利亚担任总经理。

20世纪60年代初，奥斯卡的父亲在俄亥俄州代顿市找到工作，奥斯卡便离开哥伦比亚前往美国。当有机会到巴兰卡韦梅哈经营酒店时，他迫不及待地接受了。在此之前的7年，也就是1992年，他已经回到了他的出生国，买下太平洋海岸边的一块土地用以经营养鱼场，养鱼场紧邻哥伦比亚最重要的海港之一布埃纳文图拉市。他挣了不少钱——足够支付他被"哥伦比亚革命武装力量"绑架囚禁的百万美元赎金。在被迫接受释放条款后，他还略有余钱，以支付每月需交纳的数千美元来避免再次遭到绑架。他把妻子和孩子送到其他地方，以确保他们的安全，并雇了个保镖来保护自己。但直到2016年和平协议通过之前，他仍然是"哥伦比亚革命武装力量"的

"黑名单"上的主要经济目标。

"我是一个冒险家,"奥斯卡告诉我,"我四处流浪。他们说:'奥斯卡,那边有新机会。'我就会问:'在哪里?'"

毫不夸张地说,奥斯卡在太平洋沿岸的处境非常危险。但在21世纪初的巴兰卡韦梅哈生活也并不容易。与石油行业联盟成员有关联的"民族解放军"游击队控制城市的工业核心地带数年。直到1999年,"哥伦比亚联合自卫军"——该国另一个最臭名昭著的准军事组织之一——进入该地区,才能与"民族解放军"的影响力抗衡,他们在外围的圣拉斐尔德莱夫里哈小镇(San Rafael de Lebrija)设立了总部。

"作为这座城市的一名商人,我会被'邀请'参加他们的签到会,"奥斯卡神情坦然地说起"哥伦比亚联合自卫军","你需要支付到拉戈麦斯(La Gómez)的过路费,然后他们会一直监视你,直到你到达15公里外的莱夫里哈入口。在那里,有三四名手拿与会者名单的男人守卫着通往镇内的道路,确保每个参加会议的人都被核实清楚。"

奥斯卡来到巴兰卡韦梅哈这座哥伦比亚最有利可图的城市时,这里正在爆发着一场争夺城市控制权的战争。他在皮帕顿酒店的门口亲眼见证了这一切。"起初,我们只有九名员工,所以作为总经理,这意味着我要做所有的工作。"他说,"我既是夜班保安,也是园丁,什么都得干。有一天晚上,我站在环形交叉路口值夜班,就在那儿。"他转过身指向他身后的窗户,但由于阳光太刺眼了,什么也看不清。

"总之,我注意到一名可疑的男子,从码头区往这个方向走来。他停在街道的中间,就在酒店对面。看起来像在等人。我当时就知道接下来会发生什么了。"

"几乎就像是精确计时、精心编排的——另一个人出现了,骑着自行车,顺着下坡路经过旧教堂。当他拐过街角时,我听到了六声枪响——嘭!嘭!嘭!嘭!嘭!——我立刻扑倒在地。"他耸耸肩,"当我站起来时,那个骑自行车的人已经死了,枪手也已经逃走了。"

奥斯卡讲述这个故事的语气就如同在给我念他的纳税申报表一样。我不禁想起了约翰·亚历山大和金查纳村民们给我讲关于"埃尔·杜恩德"的故事,以及奥雷利奥·德尔加多·卡尔德龙和他对科科尔纳站的回忆。奥斯卡的声音中没有丝毫的恐惧。

他说起自己刚到巴兰卡韦梅哈的日子:"你真的能听到整个社区来自四面八方的枪声。现在,除了有些地方仍然不能去以外,这座城市的面貌已经改变。它活力充沛,繁华富足,每天有数百万比索的现金在这个城市的各个角落流转通行。这在哥伦比亚是独一无二的。"

的确,金钱一直在巴兰卡韦梅哈涌动。当然,这一特色的存在是因为哥伦比亚国家石油公司。"巴兰卡就是那里,别无其它。"奥斯卡指着远处的炼油厂说。但是这座城市的领导层在几十年来一直在利用职权谋取暴利——在四位前市长中,有一位面临多项刑事指控,一位被软禁在家中,一位已被送入监狱,还有一位已去世。

然而,石油总是带来复兴的幻觉。大约在 2010 年,哥伦比亚国家石油公司开始了一个重要的谈判计划——巴兰卡韦梅哈炼油厂现代化计划——将日产原油能力从 25 万桶提升到 35 万桶并增加 15 000 个工作岗位。这一雄心勃勃的计划需要来自联邦政府的超过 30 亿美元的资金支持。然而,该计划从提出之日起就一直进展缓慢。在 2016 年又被推迟,看不见任何重新启动的希望。

2016年的计划推迟宣判了皮帕顿酒店的死刑——不是因为酒店本身做错了什么，而是因为有太多更加现代化的酒店已经建成营业，恭迎四方宾客的到来。最终，希望落空。一些不走运的酒店刚完工不久就等到了2016年巴兰卡韦梅哈炼油厂现代化计划破灭的消息。我下榻的拉迪森酒店就是其中之一，它的客房和屋顶露台长期都是空置的。

————

在过去的十多年里，哥伦比亚政府一直计划开发整个马格达莱纳河流域，该计划现在通常被称为"振兴哥伦比亚战后经济和社会的倡议"。开发计划的支持者设想大型驳船轻松地在巴兰基亚和拉多拉达（La Dorada）之间航行，每艘驳船携带7 000吨货物，相当于300辆拖车运载的货物量。在像贝里奥港这样的交通枢纽，货柜可以在河流、铁路和公路之间转运。2016年，巴兰卡韦梅哈开设了一个新的运输终点站。最近，一列货运火车刚刚通过河道被运送到巴兰卡韦梅哈，并重回铁轨。它呼啸着穿行在从圣玛尔塔开往拉多拉达的铁路上，途经科科尔纳站，使得铁轨摩托车瑟瑟发抖。许多人希望客运列车也能有朝一日重回铁轨。

政府组建的负责监督所有这些开发项目的公司名为"马格达莱纳河区域自治公司"，这是一个混乱的官僚化严重的组织。我曾多次尝试与他们取得联系，没有得到任何回应，却在巴兰卡韦梅哈码头区的皮帕顿酒店附近偶然发现了它的总部。它的三层建筑被枯萎的棕榈树叶和一群表情冷漠的保安包围着，建筑上印有他们公司的标志：一个用红蓝黄三色绘制的水滴——对应着哥伦比亚国旗上的三种颜色。在我拒绝相信接待员说办公室里的每个人都"非常忙碌"的借口后，我被带到楼上，找到了一位神情不悦的工程师马琳（Marlene）。

"我不太清楚你来这里找什么。"马琳说着,一边不断地在电脑屏幕上输入文字,一边斜眼瞥了我一眼。这似乎就是她今天会对我说的所有话。

我回答道:"我正在沿着马格达莱纳河长途旅行,希望能在沿岸遇到有趣的人。我想知道你们公司正在做些什么,以使这条河恢复通航。"

显然,马琳没有答案,或者她没有权限提供官方答案,因为她回应我的方式是递给我几本最近出版的关于马格达莱纳河沿岸居民的大开本精装画册,还给我倒了一杯甜咖啡,供我阅读时品尝。我很满意地翻看着这些书,沉默了几分钟。然后,她给了我一些当地渔民的联系方式,我们简短地讨论了一下巴兰卡韦梅哈周边值得参观的地方,尽管我的小船第二天清晨就要出发。此前,我已经与很多渔民交谈过,他们几乎都提供了一个共同的重要信息:河水越来越少,鱼变得越来越小。

大约半个小时后,我意识到在"马格达莱纳河区域自治公司"的办公室里不会有太大收获。后来根据他们公布的几个文件,我意识到这家公司本身也没有在实现其目标上取得太大的进展。努力恢复马格达莱纳河的可通航性是一项巨大的工程,已经计划好的所有措施都一次又一次遭遇挫折。最大的失败来自巴西建筑公司巨头奥德布雷希特(Odebrecht)的国际腐败丑闻,公司因此名声扫地。奥德布雷希特与其哥伦比亚合作伙伴的合资企业因此失去了一份疏浚和航道化巴兰基亚至拉多拉达500多英里河道的合同,该合同价值7.38亿美元。结果,一场中国企业与其他所有企业之间的竞标战爆发了——中国企业正在不断扩大他们在拉丁美洲的影响力。

如果实施疏浚工程,环保人士担心的最糟糕情况就会发生:一些地区的湿地将变得干涸,而其他地区又可能会发生严重洪水,河床中的动物产卵栖息地会丧失。更快、更深的河流可能会增加除商用驳船之外的任何小型社区交通工具的危险系数。再加上全球气候变化带来越来越多的问题——干旱加剧，极端天气增多——已经开始在像哥伦比亚这样的发展中国家产生早期和最令人担忧的影响。疏浚河道这样的项目旨在振兴河边社区，而事实上却只会让他们陷入更深的绝望中。

改革的目标不仅仅是为了让马格达莱纳河恢复通航。"马格达莱纳河区域自治公司"曾推出了一份四百多页的《马格达莱纳河总体规划》。该规划涉及马格达莱纳河最偏远地区，几乎远至金查纳。他们计划在哥伦比亚高原的起伏山丘上建设一系列水电工程。我在从圣阿古斯丁到内瓦的长途客车上，瞥见了两个被多年形成的大坝包围着的水库*，看起来像是山间的古怪洪水。水库周围的景观并不太绿：从路上的景色可以断定，这里并不是沙漠，但是这里的草地牧场却呈现一种灰暗偏棕的色调。农场（总体数量较少）也没有高地特有的深绿色。湖泊在夕阳下闪闪发光。至少从远处看不出这是一条湍急的褐色河流。

人们最担心的是大坝会越建越多——目前计划在山区修建 11 到 15 座大坝，而哥伦比亚将近 70% 的电力都来自水力发电，比来自其他任何能源都多。一位妇女在圣阿古斯丁市场的蔬菜摊旁告诉我："新闻里说他们会在越来越高的山上修建更多的大坝。那将是灾难。"哥伦比亚乌伊拉省的环保人士已经发起了激烈的反对"马格达莱纳河总体规划"的运动，他们声称大坝会淹没上游农田从而摧毁当地经济，也会中断河水流动而进一步减少下游的鱼类数量。在印度、挪威、西班牙和中国等国展开的研究都证实了环保人士的担忧：尽管水力发电常常被吹捧为"绿色"能源，但它对周围的

---

* 分别是埃尔金博大坝（El Quimbo Dam）和贝塔民亚大坝（Betania Dam），均主要由波哥大能源集团和美洲国家电力公司控股。——译者

环境和沿岸社区具有很强的破坏性。

整条马格达莱纳河沿岸的人，有一种巨大的失落感，也怀着重新振作的愿望。但更为压倒性的感觉是，他们还有很多将会失去。

———

对奥斯卡·卡斯蒂利亚来说，皮帕顿酒店是他所有感情的寄托。他曾一直住在酒店的经理住处，到2011年时已经超过十年，并花费数年时间收集了数千张见证和记载酒店历史的照片和文件。他用了约30分钟，将这些资料拷贝到两个银色的U盘给我。一想到辉煌的皮帕顿酒店不在他的掌控中，他就感到痛苦。虽然它不会被拆除——可能作为国家历史地标受到保护——更有可能的选项是被获得疏浚马格达莱纳河长期权利的组织收购。将来，那些花费数周的时间挖掘河床石头和淤泥的工人，会在皮帕顿酒店舒适的套房里过夜。在休息日，他们会在酒店的游泳池里休憩放松。

"这里有太多的故事，太多的历史。"奥斯卡摇着头说道，"这几天原本应该是酒店的庆典。75年啊！但相反的是我们却即将关闭。"

皮帕顿酒店一直是马格达莱纳河的人质，似乎所有巴兰卡韦梅哈的发展都与它密不可分。在四分之三个世纪的时间里，皮帕顿酒店随着河流的兴衰而崛起和衰退。它在河流辉煌的日子里是受益者，在绝望的日子里是受害者。奥斯卡看着马格达莱纳河说道："我们关注公路和卡车，但却忘了它才是我们的主动脉。它就是哥伦比亚的密西西比河。"

9. 河上六小时

巴兰卡韦梅哈港口,早上 6 点

黎明时分,我挤在数十名乘客和船员中,登上了从巴兰卡韦梅哈港出发的小船。在那一刻我意识到,乘船旅行在当下显得多么不合时宜,而在过去又是多么稀松平常。

这个隐藏在码头区的混乱小码头,只不过是一个破旧的木制平台,被一个深色金属屋顶遮蔽着。站在平台往下看,一股凶险的洪流在我的脚下急促地涌动。我很快就被这水流弄得头晕目眩,感觉这破旧的码头随时都有可能被水冲走。

那一刻,我差点放弃了这唯一一次合法乘船在马格达莱纳河上旅行的机会。人们曾告诫我要警惕位于河东岸的塞萨尔省,那里仍然是军事冲突的热点地区之一。塞萨尔省夹在巴兰卡韦梅哈所属的桑坦德省和我要下船的埃尔班科(El Banco)所属的马格达莱纳省之间,那里的准军事组织和游击队仍然拥有巨大的影响力。在六小时的河上旅程中,我们将路过西面的圣卢卡斯山脉(San Lucas Mountains),那里是马格达莱纳河中游地区唯一的无人区。这片被"民族解放军"游击队控制的茂密山地,布满了非法金矿和非法古柯种植园。我所在的大学曾恳求我不要踏足这一河段，建议我除非在有人陪同的情况下，否则不要前往。加之哥伦比亚水上航行安全标准的缺失已是臭名昭著，以及近年来致命船只事故频发，人们有非常充分的理由选择坐长途客车而不是乘船旅行。

但这是我唯一一次真正有机会，可以在某种程度上复制永远刻在哥伦比亚人集体记忆中的史诗般的马格达莱纳河之旅。乘坐快速渡轮，我现在可以在半天的时间内跨越一段以前可能需要三天或更长时间才能走完的距离。没到巴兰卡韦梅哈以前，我曾一遍又一遍地在书中读到：马格达莱纳河的河面将会急剧扩大。在它的两岸，曾经是丛林密布的土地，深深地令"解放者"西蒙·玻利瓦尔和小说《霍乱时期的爱情》中的虚构人物弗洛伦蒂诺·阿里萨这样的人着迷。这里是整条河流中最偏远的，也是最令人望而生畏的河段。用加西亚·马尔克斯的话来说，它"浩瀚而庄严，就像没有起点或终点的沼泽"，在那里，"热浪如此浓厚，你甚至可以用手触摸到它"。

这艘小船造型奇特，像一艘密闭的太空飞船。它的前部倾斜，前挡风玻璃的位置设置成了一扇敞开的门。我通过前舱盖爬进去，发现已有30名乘客挨挨挤挤地坐成几排，每排两座。他们看起来都非常疲倦，对于这次旅行并没有像我这样兴奋。乘客大多是中年男子和年迈的妇女。前排的两个小女孩紧握着她们亮粉色的背包。我不确定谁与她们同行，因为似乎其他所有人都是独自旅行。当我掏出相机拍照时，一个男人向我投来尖锐的目光。我坐在最后一排靠窗的位置，地板和座椅垫上散落着数十只死蟑螂。我用小指的指甲把其中一只从座位上弹掉，当掉到地上时，它的腿抽搐了一下。我坐了下来。

"我们自拍一张吧。"我的旅行同伴,亚力杭德拉·马约尔卡(Alejandra Mayorca)提议。她是一位如同来自游牧民族的女子,拥有温和的眼睛、苍白的皮肤和脏兮兮的金发。她在过道对面的座位上刚坐下,便立刻掏出了手机。小船刚启程,她就拍下了我们俩的合影,随即将其发布到脸书上,标题为"与乔丹一起探险马格达莱纳河"。离开哥伦比亚两年后,重返这个国家,我发现似乎突然间每个人手里都拿着智能手机——从住在金查纳高山上的唐杜比尔到科科尔纳站的 12 岁男孩格雷戈里。他们乐此不疲地相互发送视频、音乐和照片,或在社交媒体上发帖子。即使我们的小船飞驰在马格达莱纳河一些荒凉偏僻的河段,手机也有信号,亚力杭德拉仍在与朋友互通讯息。

我说亚力杭德拉是"一位来自游牧民族的女子"是因为这也是她的自我评价。她希望过一种脱离长久承诺的自由生活。一有可以冒险的机会,她便打包起所有家当随时准备搬家。25 年前,19 岁的她辞去了助理医生的工作,用赚到的钱购买了 10 台电动缝纫机,只因为她听说在马格达莱纳河北部的帕拉图(Plato)镇这些机器非常抢手:"我在帕拉图租了一间房,每天肩上扛着重达 40 磅的缝纫机,腰间挎着装满马米果果汁的水壶。"她乘独木舟或步行穿越遍布武装分子的河边小镇。即使买机器的人没有现金,她也将机器卖给他们,晚上回到房间时带回村民用以交换机器的母鸡或黄金项链。亚力杭德拉还告诉我在圣玛尔塔海滩露营的故事。那次她只带了一支鱼叉,用来捕猎珊瑚礁里的鱼为食。每天,她靠着捕来的鱼,加上自己采摘的新鲜酸橙和背包里携带的饼干和苏打水,勉强度日。去年,她原本只是打算与朋友去危地马拉短暂的旅行,后来在完全没有计划的情况下,决定独自待上 9 个月。目前,她正在为一位从巴西出口坚果的朋友做兼职工作。今天她带来了两袋辣花生，我们一人一袋。

显然，我的计划足够冒险，让她在最后一刻同意加入。从她前一天所在的库库塔（Cúcuta），一个与委内瑞拉接壤的麻烦城市，需要乘坐十个小时的长途客车才能到达巴兰卡韦梅哈。看到她我还是有些惊讶。她是我朋友的朋友的朋友，除了对旅行本身感兴趣外，没有任何理由跟我走。这艘船将把我们带到埃尔班科，那是一个平平无奇的港口城市，除了吃河鱼和购买中国制造的小玩意儿外别无其他。到达埃尔班科之后，我要继续走陆路，前往古老的更加偏远的殖民城镇蒙波斯。我不确定她的计划是什么，但她的背包上系着一个露营帐篷，"以防万一。"她说。这让我感到有些紧张。

亚力杭德拉的存在在很大程度上缓解了我对安全的担忧。因为如果小船在河边搁浅，我显然不是准军事组织民兵的对手，但她肯定可以。她的右前臂上有一个巨大的、皱皱的伤疤，这个圆形畸形物位于她的肘部以下。我在心里纳闷这个巨大的伤疤会是什么原因造成的。亚力杭德拉体格强壮，肌肉发达，带着一种不可摧毁的自信。她充满智慧，有极强的直觉，几乎本能地知道该信任谁，不该信任谁。就算我不说话，她也能猜到我在想什么。她陪伴我——是知识和阅历丰富的同伴，因她多年前曾在马格达莱纳河上为哥伦比亚国家石油公司工作过，而且曾沿河旅行了很长时间。我非常感激她的陪伴。

我们的小船是个摇摇晃晃的老东西，我从蟑螂和每次船撞上波浪又重重弹回水面时发出的破裂声音判断出了这一点。与哥伦比亚的所有交通工具一样，它被装饰得异常醒目：涂着明艳的绿色、红色和黄色，船身上用夸张而流畅的字体写着"Transportadoras San Pablo"（圣巴勃罗运输公司），这是渡船公司的名字。船顶上绑着的行李随着船身的摇晃上下跳跃着。它看起来像是在哥伦比亚安第斯山脉西南部陡峭山路上行驶的山羊客车（chiva bus）的水陆两栖版。

维尔切斯港，上午 7:15

接近维尔切斯港（Wilches Puerto），城市景观逐渐消失，大片的种植园开始出现。油棕在河的东西两岸整齐排列，与河边修长的番木瓜树和枝叶繁茂的杜果树相互交织。一个孤独的农夫站在灌木丛的边缘，眺望着河流，初升的太阳照亮了他棒球帽下的脸庞。一艘平板木排渡船，由拖船拉动着，从我们身边驶过——上面载有五辆运输牲畜的卡车、一辆油罐车、一辆黄色的出租车，以及两辆装满血红色棕榈果的卡车，这些果实将被压榨，生产出在我们的食品和化妆品中广泛使用的棕榈油，而这一切是以牺牲世界各地的热带森林为代价的。

"这条河有强大的水流。"当我们加速前行时，亚力杭德拉向我解释道。除了船溅起的水雾外，我从后面的窗户几乎什么也看不到。"湍急的水流在河面下激荡，搅动着巨大的木头，可能会损坏船只。但船长知道如何辨识水流，这是他们代代相传的本领。"

我们从巴兰卡韦梅哈出发约 40 分钟后抵达了一个村庄里的小港口，并在这里停留了五分钟。在混乱的码头上，兜售袋装爆米花和大捆干香蕉的小商贩朝着敞开的船窗里大声吆喝，希望抓住任何可能的机会做一笔买卖。在河岸边，四名赤脚男孩坐在河堤上，吃着用薄薄的塑料购物袋装着的多汁水果。一些乘客下了船，几位新的乘客上船取代了他们的位置。

亚力杭德拉拿出一张方格纸，她在上面画了地图。我对她为这次旅行所做的准备感到越来越惊讶。她说，随着我们沿河而下，我们会经过非常偏远的地区，停靠点之间间隔的距离会越来越远，直到埃尔班科。她用大写字母标出了停靠点的名字——维尔切斯港、坎塔加约（Cantagallo）、圣巴勃罗（San Pablo）、比哈瓜尔（Vijagual）、加马拉（Gamarra）、拉格洛里亚（La Gloria）、埃尔班科，以及许多主要的地理标志：圣卢卡斯山脉、萨帕托萨沼泽（Zapatosa Marsh）和蒙波斯洼地（Mompox Depression）入口、河的支流、较小的定居点，等等。她向我解释说："因为生活物资匮乏，生活在这里的居民多年来饱受磨难。"

事实上，沿马格达莱纳河中游这一河段的城镇尽管资源丰富，但与哥伦比亚中央政府的统辖相对隔绝，因此遭到了暴力武装的沉重打击。最近解密的1983年美国驻哥伦比亚大使馆《关于马格达莱纳中游地区暴力情况的报告》（*Violence in the Mid-Magdalena Region of Colambia*）详细描述了该地区各种游击队、准军事组织和其他武装团体的活动，比如Embrion（直译为"胚胎"），这是一个约200人的准军事组织，活跃于20世纪80年代，主要活动范围是从维尔切斯港到巴兰卡韦梅哈南部的农村地区，以在光天化日之下（特别是在周日）抓捕并谋杀受害者，然后将尸体扔进马格达莱纳河而臭名昭著。

这份报告指出：许多居民，尤其是农村地区的居民，要么是因为信仰而支持游击队，要么是因为害怕而与他们合作。事实上，反政府武装组织在招募成员时利用了无地农民的苦难，甚至威逼一些家庭将儿童送交给他们。在马格达莱纳河中部，类似"民族解放军"这样的游击组织——正是这个组织，在科科尔纳站的准军事组织屠杀之后，继续争取洛佩斯·阿罗亚韦神父追随者的加入——把破坏国家石油工业作为他们的目标，不断炸毁管道和其他化石燃料基础设施。这导致美国石油公司和其他有影响力的石油开采实体选择与富有的牧场主和毒品交易者联合，一起支持铲除该组织的行动。哥伦比亚军方不但不反对准军事组织的存在，反而因长期以来纵容他们而受到指责，甚至因为准军事组织支持军方消灭游击队而积极与他们合作。

因此，像维尔切斯港这样的城镇目睹了这场全方位的战斗在他们的"后院"——他们的种植园、牧场和街头——上演。由于政府的忽视，河流成为首选的垃圾倾倒地。马格达莱纳河中游继续在噩梦中沉睡。

坎塔加约，上午 7:30

马格达莱纳河东岸的维尔切斯港和马格达莱纳河西岸的坎塔加约之间，有一座河岛迷宫。坎塔加约大约有 8 000 人口，更依赖河道而不是陆路，因此它的码头上聚集了比东岸城镇更多的船只。那里甚至停靠着一艘救护船。此时，当地的挖沙工——五六个赤裸着上身的男人，正在坎塔加约码头旁奋力工作。他们没有像吉拉尔多特的挖沙工那样将自卸卡车开到河边。因为河岸的侵蚀造就了一块非常壮观的高台，车根本无法开近河边。他们用装满沙子的手推车沿着交错的木板路推到坚实的地面，然后将货物推过高台，消失在我的视野中。

"他们每装满一卡车的沙子可以挣一百多美元。"

我转过头。一位坐在我旁边的年长男子注意到了我在盯着看。"像这样去改变河道……"他的声音越来越小。他摇摇头，仿佛在问，这样改变河道值得吗？几分钟后他说："我告诉你，我住在玻利瓦尔省的皮尼略斯（Pinillos），靠近埃尔班科，我在巴兰卡韦梅哈当机械师。这路线我来来回回走了 15 年了，每一次，这条河都不一样。"

亚力杭德拉和那位男士展开了热烈的交谈。他们的谈话始于分享男士的家乡皮尼略斯的故事。她对那里很了解，最后他们甚至讨论了一起创业的可能性。这就是亚力杭德拉的生活。与此同时，我被窗外的景色所吸引——在经过坎塔加约之后，河流开始变宽，分成了几条支流，围绕着绿树丛生的小块陆地蜿蜒流淌，直到在向北大约一英里的地方汇合。这让船长很难选择航线。船的引擎经常被卡住，发出咆哮声，船长因此咒骂着。水太浅了，他多次停下，将船掉转方向，以寻找水更深的航道，才能把我们带到目的地。乘客们无动于衷，他们已经习以为常了。船来回颠簸着也没能把他们从睡梦中唤醒。

圣巴勃罗，上午 7:50

在不久之后我才意识到，很少有人会经常搭乘这种小船到我们计划前往的地方去。在圣巴勃罗，30 名乘客中大约有一半下了船，我坐到了左边更靠前的一个空座位上，继续前往下一个更远的停靠点——比哈瓜尔，大约需要一个小时的航程。

我们绕过一个弯，河流一直延伸到地平线，如同一条笔直的线通往平坦的广阔水域和沐浴在八月新鲜阳光下明亮翠绿的河岸。我猜想，大约 50 年前，这幽暗河流的两侧仍有茂密的森林，但这种景色已不存在。如今，树冠已经退缩，冠盖繁茂的树林只在西面更远的地方才可见，那里依然有密林覆盖的山脉，威严地耸立在云层和闪烁的雨幕中。

亚力杭德拉宣布："这是玻利瓦尔省南部的圣卢卡斯山脉。"但这次我不需要提醒：圣卢卡斯山脉是位于考卡河和马格达莱纳河之间的一片广阔山脉，至今仍是哥伦比亚国内冲突最复杂的地区之一。在哥伦比亚的山区中，很少有地区比由郁郁葱葱的起伏丘陵和湍急溪流构成的圣卢卡斯山脉拥有更多种类的（已发现或尚未被发现的）植物和动物。我想起了哥伦比亚西南部乌伊拉省的金查纳和圣阿古斯丁。在那里，游击队士兵用峡谷作为通道，藏匿在山间。在很多方面，圣卢卡斯山脉是它们过去的生动写照。在偏远的圣卢卡斯地区，现实情况是：土路网络和森林深处的临时采矿定居点使各种犯罪团伙能够肆意争夺领地和资源，而不受政府的干预。

通常情况下，生物多样性和资源最丰富的地方也是争夺最激烈的地方，圣卢卡斯山脉也不例外。20世纪90年代，人们在南圣罗莎（Santa Rosa del Sur）发现大量金矿储备。这个位于马格达莱纳河内陆十几英里处沼泽迷宫中的宁静村庄，很快成为非法矿工聚集的新兴城市和进入山区的门户。野生生物保护主义者开始哀叹这种失控的开采，称其为"一场规模难以想象的环境破坏和人类灾难"。汞、氰化钠、石油、丙酮醇、甲醛等所有用于提取黄金的化学品，在未经处理的情况下被排入伟大的马格达莱纳河和考卡河。

同时，环境在战争中既是武器又是受害者，圣卢卡斯山脉就是这样的一个例子。游击队依赖茂密森林和迷宫般的荒野来掩护踪迹和保护自己，因此尽可能阻止砍伐树木和挖矿是符合他们最佳利益的。在圣卢卡斯山脉，"哥伦比亚民族解放军"以及规模相对较小的"哥伦比亚革命武装力量"，都因感到潜在的被侵犯的可能性，采取了哥伦比亚现代历史上最严格的森林保护和土地管理措施。他们宣布在山坡上设立准保护区，禁止毁林，禁止在他们控制的土地上建立矿区。然而，这些叛军远非真正的环保英雄，他们更感兴趣的是保护自己。很快，他们就许可了那些对他们有利的开发活动。在哥伦比亚各地，"哥伦比亚革命武装力量"对古柯（其叶片是制作

123

可卡因的关键原料）的种植和贩运征税，这是毁林的主要推动因素之一；"民族解放军"的环保"执法"手段常常是暴力的，以枪支威胁社区人民清理垃圾和保护树木。与其说是促进长期的"环境保护"，不如说在某些情况下，游击队实际上给未来社区开展的且没有他们参与的合法环境保护运动附上了污名。

事实上，自 2016 年"哥伦比亚革命武装力量"大规模解散以来，对其旧领地进行广泛探索的新能力带来了广泛的挑战。生物学家迫不及待地抓住这个新的机会，去探索这个地球上生物多样性排名第二的国家。他们竞相发现新物种，并致力于保护其他已知濒危物种。与此同时，无人监管的非法伐木者和淘金者进入像圣卢卡斯和亚马孙这样的偏远地区，导致自和平协议签订以来全国的森林砍伐数量激增——2015 年至 2018 年之间增长了 60%，这个增长速度顽固地保持着。古柯种植面积达到了历史最高，成为导致森林丧失的另一个推动因素。新近无人居住的农村地区缺乏政府支持，使得一系列复杂的犯罪团伙得以崛起，争夺资源丰富的土地和利润丰厚的走私通道，这场分权斗争被证明是哥伦比亚农村地区面临的最大挑战之一，而摇摆不定的和平进程仍在进行中。

比哈瓜尔，上午 8:50

似乎我在结交名为阿尔瓦罗的船长方面颇有一套。的确，随着我们的船在每一站都有所减员，我坐得越来越靠近船头，紧挨着船长——不像科科尔纳站的阿尔瓦里托那样年轻，他较年长，是一位说话轻声细语的绅士，让我不禁想起了皮帕顿酒店的奥斯卡·卡斯蒂利亚或高地的路易斯·曼努埃尔·萨拉曼卡。

他的全名是阿尔瓦罗·古洛索（Álvaro Gulloso），他总是戴着一副墨镜。他的助手在这一站和上一站之间的间隙中睡着了，醒来后快速地将一些袋子吊运到码头。当我们一离开比哈瓜尔，开始下一个90分钟的航行时，他立刻又昏昏欲睡。我抓住了这个机会。

驾驶员的座位位于小船前部的角落里——一个高脚凳，面前是污渍斑斑且不太牢靠的窗户——但他看起来驾轻就熟。我坐在他旁边的门口，面对着其他乘客，他们惊讶地看着我试图开始一场对话。迎面而来的风猛吹着我的后脑勺。在船长的警告下，我不得不抓住我脑袋旁边的一个小金属把手，以免在减速时飞出去被船碾到。

"这条河正在死去，"这是阿尔瓦罗·古洛索对我说的第一件事，"以前，这里有很多的海牛、凯门鳄，我经常能看到它们。但现在，这条河正在变得干涸，一切都在改变。"

"这条河正在死去"，对于这一断言，埃尔班科镇的一群渔民在当天晚些时候进行了生动的描述。他们聚集的河滩距离码头只有一条崎岖的土路，搭乘摩托车只需五分钟。这里肮脏不堪，充斥着来自灰色河滩上高高耸立的垃圾堆所散发的恶臭——当然，随着十月的降雨，这些垃圾将在未来几个月被上涨的河水冲走。在这片混乱中，一些渔民站在一个大网旁，网上晾晒着他们今天早上捕到的鱼。许多人光着上身，他们的皮肤因为日复一日艰辛的水上工作而变得干燥、起满水泡。渔民说他们的境况很严峻，降雨量逐年递减，这是全球气候变化的区域性效应。这意味着河里的水将越来越少，捕鱼更加困难。鱼少的干旱季节尤为艰难，一些家庭不得不忍饥挨饿。因此，他们的头脑始终放在如何才能立刻缓解饥饿上，即使这意味着必须使用破坏性的技术——如炸药，或网眼小到可以捕捉到幼鱼的渔网——这将最终导致生态系统的迅速恶化，加剧子孙后代未来的饥饿困境，而他们的后代不可避免地也会成为渔民。

在过去的20多年里，阿尔瓦罗·古洛索见证了这条河的变化。他日复一日地行驶在这条航线上，每天单程9小时，这样的生活方式已经持续了将近25年。他住在马甘格，离位于河岸以北的埃尔班科3小时的航程。每隔一天，他都会在巴兰卡韦梅哈的一家酒店过夜，然后在第二天早上6点驾驶小船再次启程返回马甘格。他对这条河形成了一种本能的了解，从不依赖船上的任何技术来判断水在任何特定时刻的深浅。"这是一种刻在记忆中的东西，"他告诉我，"但总的来说，较浅的地方水面更平静光滑。而水较深的地方颜色深、水流动静大。"

他说，在战争最白热化的时期，武装团体经常站在河岸上，挥手示意船只靠岸。他们清点乘客，还向船长索取确保其安全通行的保护费。这条河在流向大海的过程中承载着暴力冲突的记忆。"在战争期间，你会看到大量的尸体，4具或5具聚集在一起，漂浮在河里。"阿尔瓦罗说，"我最多的一次看到了11具。想象一下，11具尸体啊。还有时，你仅仅看到一个头或一只胳膊从身边漂过。这就是战争。"

我们路过一艘静静停泊在宽阔堤岸边的驳船。"它停在那里多久了？"我问道，"几天吗？"

阿尔瓦罗大笑出声。"好几个月了！"他说，"工人们在船里吃饭、睡觉，等待着河水再次上涨。"

加马拉，上午10:20

在我的记忆中，加马拉是我在书中读到的第一个马格达莱纳河小镇。

它在历史书和冒险故事中被提到得如此频繁，以至于当我发现它实际上不过是一座正在建设中的普通小镇时，十分惊讶。从码头到远处的几栋可以从船侧的小窗户看到的建筑物，这一路上吊车随处可见。亚力杭德拉、阿尔瓦罗和其他一些乘客都认为这个城镇之所以翻新火车站，是为了接纳将来从圣玛尔塔胜利归来的客运列车，但没有人知道这是否会在短时间内发生。

离开加马拉后，景色变得令人惊叹。数百只鸬鹚聚集在宽阔的沙洲上，那里曾经是凯门鳄休憩的地方。孤独的雄鹰一飞冲天，长腿的大白鹭则贴着水面飞行。阿尔瓦罗指着那些树，如数家珍：像雨伞一样的雨树、高耸入云的美洲木棉、树干粗壮的热带橡树，以及穿插其中的数不胜数的矮棕榈树和杧果树。东北方向隐约可见莫蒂洛内斯山脉（Serranía de Los Motilones）断裂的绿色山峰，它是安第斯山脉的一部分。而此时，西面圣卢卡斯的深色山丘尽收眼底。

我们路过了另一艘长长的驳船，以及一艘著名的拖船："温贝托·穆尼奥斯号"（Humberto Muñoz R.），它以被誉为"哥伦比亚航运之父"的人物命名。穆尼奥斯是马格达莱纳河最传奇的船长之一，也是哥伦比亚航运公司（Naviera Fluvial Colombiana）的创始人。阿尔瓦罗加大了引擎的马力，直接驶向拖船。这艘红白相间的多层拖船正推着一艘比足球场还长、装满煤炭的驳船。这艘被称为"马格达莱纳河巨人"的船于 2010 年由哥伦比亚航运公司委托建造，以纪念穆尼奥斯船长，它成为了首艘在马格达莱纳河上航行的这类船只，也标志着哥伦比亚希望复兴河流交通的开始。

我们停在了拖船旁。此时，船上的一位乘客悄悄站了起来，从前挡风玻璃的窗户爬出去。"温贝托·穆尼奥斯号"上的一名水手伸出手，将他拉了上去——他大概会加入这场缓慢而艰辛的逆流而上的驳船运输。

拉格洛里亚（塞萨尔省），上午 11:05

在接近 11:05 时，船抵达了塞萨尔省的拉格洛里亚。随着白天变长且停靠点之间的距离越来越远，一切似乎都开始放慢速度。

出乎意料地，亚力杭德拉问我："你想知道我的手臂怎么了吗？我知道你早就看见了，但你什么也没说。"

我结结巴巴地试图掩盖我早就注意到了她胳膊的异样。"哇，"我最终说了出来，"我之前没有注意到。"

"我看到你看了一眼，然后转过头去。"

"那好吧，"我回答，仍在回避坦白交待，"发生了什么事？"

"我死过一次。"她非常坦率地说。我正在吃着辣味巴西花生，差点被噎住。

"抱歉，你说什么？"

"我曾经死过一次。"她说。16 岁那年，她开着车，朋友坐在副驾驶座上。她的朋友坚持要她加速赶上远处的一辆车。她不听，但他非要坚持。他伸出左脚狠狠地踩了油门，汽车猛地冲了出去。

亚力杭德拉的第一反应是猛踩刹车。油门和刹车给轮胎的双重压力太大。其中一只轮胎爆炸，汽车失控，撞上了路灯柱。路灯砸到汽车上，击碎了挡风玻璃，割伤了亚力杭德拉的前臂，并刺穿了她的肺部。她的骨盆破裂，导致内脏移位升高，人也昏了过去并停止了呼吸。"我心脏的位置都移动了。"她说。

"人们总是说，当你快死的时候，你会看到光。你知道这个说法吗？"

她认真地问我这个问题,接着停顿了很长时间,小船轰鸣的马达声填补了这段沉默,我点了点头。

"好吧,"她接着说,"我并没有看见光,而是在梦中看见一位医生,一身白衣,他走过来问我:'怎么回事?你感觉怎么样?'

'我很渴。'我说。他说:'你想要什么?'

我说:'我想要一杯可口可乐。'他拿出一些钱,放进护士的口袋里,告诉她:'去给她买瓶可口可乐。'护士拿着钱走了。

然后医生对我说了一些我永远不会忘记的话,我更难以忘记的是他说话的样子:'你不能睡觉。你必须保持清醒。'医生对我说,'为了可口可乐,你必须保持清醒。'

于是我像是等待了一千年,等待了一万年。但可口可乐没有出现。接下来我知道的是,我在医院醒来,周围都是真正的医生。我被救活了,逃脱了死亡的魔爪。"

"'可口可乐在哪里?'我问我的母亲。她已经向我告别并被我的濒临死亡折磨得痛苦不堪。她不知道我说的是什么,所以我再也没提起。我把这次生命当作在地球上的第二次机会。"

"注定百年孤独的家族没有第二次机会出现在地球上。"我无法忘记这段话,因为它是小说《百年孤独》的最后一句。这是哥伦比亚最伟大的小说,是加西亚·马尔克斯关于一个家族命运和时间的循环本质的预言性故事。但在1982年的诺贝尔文学奖获奖演讲《拉丁美洲的孤独》(The Solitude of Latin America)中,这位伟大的作家改变了他的想法,希望取而代之的是"一个崭新的、席卷全球的乌托邦式的生活。在那里,没有人能够为别人决定如何死去,爱情将被证明是真实的,幸福是可能的,而那些注定百年孤独的家族将终于且永远地获得第二次在地球上生存的机会"。

亚力杭德拉的故事是一个生存的故事,她濒死时的所见所闻不过是暗示其要充分利用第二次生存的机会。而此时,也是哥伦比亚的第二次生机。

埃尔班科,下午 12:15

随着自然资源丰富、暴力肆虐的圣卢卡斯山脉在我们身后消失,马格达莱纳河失去了原有的形状,逐渐扩展成为一片广阔的湖泊,无边无际。这是蒙波西纳洼地（Depresión Momposina）——一个由沼泽和湿地组成的网络,在雨水的涨落中不断地被淹没,又变得干涸。河流分化成一条条不断变化的支流,蜿蜒穿越湿地,仿佛要画出一些图形或找寻某个方向。其中一条支流经过蒙波斯,那里便是马格达莱纳河下游的起点。

我们在埃尔班科下船,这是一个萧条的港口城镇,让我想起博亚卡港（同样遭受了残酷的准军事组织的摧残,并留下了很多军阀领袖的名字,如 Knife、Tiger 和 Don Mario）。我们不打算在此地逗留,这里只是我前往蒙波斯和玻利瓦尔以及马格达莱纳省的其他城镇的陆路交通门户。数十名咄咄逼人的商贩在我们的小船到达时涌向码头。当乘客们提着行李挤过商贩的身边,他们伸手去抓乘客的手臂。有些商贩跟着我们进了码头边的餐厅,我们在一张桌子旁坐下,试图无视他们大声喊着给我们提供摩托车和彩票的吆喝。在他们背后,我看到阿尔瓦罗·古洛索的船隆隆作响,驶向马甘格。

尽管我们距离加勒比海岸还有数百英里,但埃尔班科被视为是哥伦比亚加勒比海地区的起点,这里有无尽的香蕉种植园、激昂的坎比亚音乐和大量的非洲裔及阿拉伯裔哥伦比亚人。

三位身材魁梧的非洲裔哥伦比亚妇女在这家餐厅里准备食物：一位在餐厅外面，把一桶桶黏糊糊的马格达河鲮脂鲤（Prochilodus magdalenae）剥了鳞，再去掉内脏，另外两位照料着劈啪作响的炸锅和热气腾腾的大桶，桶里煮着炖菜和汤。一位男子腼腆地走近她们，提出稍微更改一下他的菜单，却被她们吼叫着赶了出去。我点了一份丝兰蔬菜汤和一些咸烤牛肉，而亚力杭德拉选择了油炸鱼配米饭和沙拉。

"这太美味了！"亚力杭德拉拍下了那条一英尺长的鱼盛放在盘子里的样子。我想知道为什么在有选择的情况下还有人愿意吃马格达莱纳河的鱼。尤其是在这么遥远的下游，这里水流带来的屎和泥浆的数量之大简直令人作呕。不过，我点的牛肉可能就是亚力杭德拉的炸鱼被污染的主要原因之一。在一群群叫卖的小商贩中走出一个瘦骨嶙峋的小女孩，请求我们给些食物。亚力杭德拉和我给了她一些炸鱼、肉和薯条。

———

我们在一个拼车出租车站告别。亚力杭德拉决定继续她的漫游。她要前往海边的圣玛尔塔，她的妹妹住在那里。她热情地拥抱了我。"别改变，"她说，"如果你需要我，我永远离你只有几个小时的路程。在这个世界上，我们再也不会走远了。"说完，她跳进了一辆正在驶离的吉普车的后座，消失在我的视线中。我要前往蒙波斯，从埃尔班科乘坐皮卡大约需要两个小时。拼车出租车站的人指给我一辆白色的车，并说它会"ahorita"（马上）离开。

我叹了口气。"Ahorita"已经变成我在哥伦比亚学到的西班牙语中最讨厌的词汇之一，因为它可以表示从"马上"到"一会儿"再到"刚才"的任何时间。这是使得这个国家的公共交通永远不缺少滑稽故事的原因之一。尽管长途客车的时间表都张贴在车站，但交通公司的名字，如 Cootransmag 和 Cootraimar，都是一些令人头晕的缩写，让人摸不着头脑。如果你抱怨此事，人们只会当面笑话你。并且不管你在这个国家的哪个地方旅行，每个公司的司机都喜欢同样的慢节奏的手风琴音乐，他们会把音量调到最大，让人在旅途中无法入睡。

当下，我对"ahorita"可能意味着什么有了心理准备：它的含义取决于需要多长时间才能填满车上剩余的座位，以确保司机在这趟旅行中能赚到钱。只要还有一个空位，他们就绝对不会出发。现在，我乘坐的车上还有两个空座。司机是一位高个子的年长黑人男子，除了告诉我"ahorita"之外，没有给我更多的信息。但他告诉我他的名字叫 El Negro（黑人）——这是一个常见的西班牙语昵称，与在英语中的种族歧视含义不同。

"黑人"、他的副驾驶和我从拼车站出发，毫无目的地在城里乱逛，对着路人按喇叭，希望能遇到前往蒙波斯或中途站点的乘客。但这招并不奏效，却惹得"黑人"一顿狂笑。

接着我们来到埃尔班科汽车总站。这是一个庞大的交通综合体，从这里出发的双层长途客车往返于诸如麦德林和波哥大之类的地方。很多长途客车要在迂回曲折的道路上行驶长达 17 个小时。"黑人"把车停在街道旁，我们三人坐在人行道上的一片树荫里。这两名哥伦比亚人开始对过路人叫喊："蒙波斯，瓜马尔（Guamal），蒙波斯，瓜马尔，去蒙波斯或瓜马尔还剩两个位置……"一个小时后，当我因绝望而加入叫喊时，他们笑了起来。

有位女士付了十美元，让他们把几箱沉重的卫生纸、五金制品和水果运到蒙波斯。我免费帮忙把所有东西搬到了车上。但当我们得知她不会陪同她的货物一同前往时,我们三个都在心里暗暗咒骂。在我们找到另一位乘客加入之前,我数了数,有三辆双层长途客车离开车站,驶向遥远的城市。我忽然意识到,其实我只需走进车站,就能找到另一辆愿意搭载我尽快前往蒙波斯的拼车出租车。但是此刻,我开始感到与"黑人"及其助手之间有了一种难兄难弟的情谊。随着下午的流逝,太阳在天空中低垂,鸟儿开始唱起它们的夕阳之歌。天气温和宜人,没有一丝压抑感。我们碰巧坐在一家面包店的门槛上,在等待期间,我喝了两袋水,吃了三个填满番石榴果酱的糕点。最终,奇迹般地,一位年长的妇女和她的孙女买了剩下的两个座位。经过三个小时的"ahorita",我们终于出发了。

通往蒙波斯的道路是一条难走的土路,蜿蜒穿过湿地和牧场。沿途唯一的重要定居点是瓜马尔,几栋色彩斑斓的房屋站立在尘土飞扬的小道旁。每当有汽车隆隆驶过,瓜马尔人都会戴上口罩,或者用湿毛巾捂住鼻子,这在哥伦比亚其他地方很少见。我们经过时看见两只无人照看的公鸡在街上打斗,为了躲避它们,我们差点撞上路边躺着的一条瘦狗。

在车上,"黑人"一再试图展示他的英语技能。

"我的名字是乔丹。"我慢慢地示范着说。

"迈内姆伊斯——'黑人'!"(Mai nayme ess ... El Negro!)他模仿着说,车上其他人都笑了起来。我们重复了很多次,乐此不疲。

他请求我用他的车载音响播放我们国家的音乐。他知道《加州旅馆》,并觉得我们——一个来自纽约,一个奔波在埃尔班科到蒙波斯的路上——却听着相同的音乐,是一件十分有趣的事情。他兴奋地继续追问我哪些巴耶纳托歌曲在美国最受欢迎。我笨拙地编出一个礼貌的回答,尽量不让他感到失望。

  我们向西北行驶，太阳在蒙波斯盆地深绿色的沼泽和牧场上空缓缓落下。一座新修的桥横跨在马格达莱纳河的蒙波斯支流上。我们驶过桥后，"黑人"在胸口画了个十字，说："欢迎来到上帝的国度。"

第三部分 马格达莱纳河下游

10. 珠宝大师

西蒙·比利亚努埃瓦（Simón Villanueva）——一位年迈的老人——将一根闪亮的银丝放在他的木制工作台上，将这根银丝剪成六段，用镊子将它们卷成小而紧密的灯泡状，大小不超过一粒小珠子，然后小心翼翼地将它们一一嵌入一个有六片花瓣的花朵框架中。

"我已经习惯了我糟糕的视力。"西蒙戴上他那副厚重的黑边眼镜说道。仅凭着一双巧手，这位镇上年纪最大的珠宝匠几十年如一日地不断精进着自己的这门手艺。他的技艺没有随着年老视力逐渐衰退而变差。当我遇到他时，他已经89岁了，但和蒙波斯镇上的每个人一样，他看起来比实际年龄要年轻得多。尽管年迈，他仍然能扭转精细的银丝，编织出他想象中的循环复杂的设计：小鱼耳环、带有花形吊坠的手镯、坠有小圆顶帽的项链。每一件都是独一无二的。他把成百上千件闪闪发亮的待售作品放进玻璃柜里，摆放在铺着红色天鹅绒垫子的展示架上。

他的珠宝制作手法被称为金银丝工艺，而蒙波斯是南美洲为数不多仍然使用并传承这门技艺的地方。据说，金银丝工艺起源于数千年前的美索不达米亚平原和埃及，随着人类的大迁徙而传播到古希腊和罗马帝国，以及东亚和印度的各王朝。如今，这种工艺在东亚和印度最为常见。在公元七、八世纪，这种工艺又随着阿拉伯帝国扩张从中东传到北非和伊比利亚半岛。在伊斯兰教统治的数百年间，金银丝工艺在西班牙和葡萄牙变得普及。金银丝工艺是阿拉伯和东方文化对西班牙文化和社会的潜在影响的一种体现。即使在今天，在安达卢西亚（Andalusia）的宏伟清真寺和弗拉门戈舞蹈中，人们都会不自觉地发现大马士革、巴格达和信德（Sindh）的痕迹。

同样，和阿拉伯—西班牙混合的许多其他元素一样，金银丝工艺在拉丁美洲殖民化的 16 和 17 世纪传入蒙波斯。这很说得过去：蒙波斯是一座金匠之城，是 1537 年建立的重要的西班牙殖民地前哨。当时正值黄金和白银贸易的繁荣时期，其位于马格达莱纳河上的战略性地理位置毋庸置疑。来自哥伦比亚内陆矿山的货品经过加工处理，通过河流向加勒比海岸运送，在那里被装上开往欧洲和世界其他地方的船只。蒙波斯设有一家皇家铸币厂，西班牙政府对这里珍稀的贵重金属征收 20% 的税率（"皇家五分之一"），使该城市成为了有名的"黄金之城"。

但是西蒙·比利亚努埃瓦并非出身于奢华的富裕家庭和珠宝之家。他的祖母来自玛格丽塔（Margarita），那是一个位于蒙波斯附近以种植橙子和其他柑橘水果而闻名的村庄。西蒙出生于 1928 年，12 岁开始学习金银丝工艺。最初他一边在自家门口卖汤一边跟随几位叔叔学习，随后做了路易斯·吉列尔莫·特雷斯·帕拉西奥斯（Luis Guillermo Tres Palacios，西蒙称其为"蒙波斯有史以来最伟大的金匠"）的学徒，继续深造。就这样，他默默地在这门传承了 4 000 多年的传统技艺中找到了自己的一席之地。

"当你工作的时候，你会忘却时间。"他在组装那朵与一枚硬币差不多大小的小银花时对我说。这是一门孤独的手艺。他的工作区域设在他那栋红绿色房子的门廊里，门廊的屋顶下只摆放着一把摇椅和一个珠宝台。他每天从早上6点工作到傍晚6点，之后便因为光线不足而无法继续。他住在一个喧嚣而嘈杂的街区——街头小贩们整天游来荡去，叫卖新鲜的奶酪和肉；摩托车隆隆而过，驶向城市中心的广场。街对面，一位看起来比西蒙年长得多的老妇人坐在自家摇椅上，摇椅上方悬挂着待售的柳条篮子。她凝视着远方，除了偶尔朝他微笑一下外几乎不与任何人交流。西蒙还记得20世纪50年代，一群吉卜赛人在附近的角落搭起帐篷卖马，以及叙利亚和黎巴嫩移民挨家挨户推销纺织品。多年来，所有这些事都很容易使他分心，但也是乐趣的一部分。即使他正全神贯注于完成一个独特而精致的设计，也从不忘记抬起头微笑着回应对面某人的问候。

在见到像西蒙这样的人之前，人们总会预设某种浪漫的形象——一位小镇上最年长、最受尊敬的珠宝匠，毕生致力于传承一门来自遥远国度的古老技艺。我曾想象他可能是一个纤瘦、精致的人，手指修长。然而，当我第一次见到西蒙时，他正坐在自家门廊里。他体型肥胖，赤膊穿着一条褪色的白色短裤。裤子的拉链坏了，他那多褶的大肚子从拉链的开口处突了出来，其余部分则松垂在椅子的两侧（第二天，他换成了一件整洁的蓝白条纹短袖衬衫，胸前有一个大口袋）。他花白的头发不很整洁，一把灰色浓密的胡须延伸到嘴角。他说话语速很快，且因掉了牙齿，沙哑而模糊的西班牙语让我难以理解。

但在其他许多方面，他又符合一位珠宝匠的形象。他的工作台是一个有80年历史的老古董，他打算把它带到坟墓里。"到了天堂我还要工作。"他温和地笑着说。每当谈到他的金银丝工艺时，他的脸上就会露出灿烂的笑容。"我热爱我的工作，"他一遍又一遍地说，"我活在对我的工作的热爱中。"他是蒙波斯乃至整个哥伦比亚最多产且最受尊崇的金匠。坐在他的摇椅上,他目睹了他的城市在四分之三个世纪里所经历的变迁。

———

蒙波斯老城区的清晨仿佛数百年来一直如此。早上 8 点,鹅卵石街道被零星的几个行人唤醒,但直到 9 点或 9 点半才真正热闹起来。仿佛一瞬间,街道变得熙熙攘攘,年轻人、老年人、载客马车,络绎不绝。马车的数量远远超过了自行车或摩托车。偶尔经过的摩托车发出巨大的轰鸣,吓得美洲鬣蜥都退回到河边大道的树荫和植被中寻求保护。过去,这条大道也被称为"土耳其人之街"。阴暗的蒙波斯河——马格达莱纳河流经蒙波斯的分支——在"土耳其人之街"的一侧缓缓而悲伤地流淌。我看见一位老人在河面上划着一艘独木舟。他从对岸的农舍划船来城里,船上载着三名穿着红白格子裙的女学生。

蒙波斯发生的大部分变化,与马格达莱纳河的这一支流有关。曾经,这条支流更宽阔,水更满,淹没了现在河对岸附近的牧场。如今,马格达莱纳河的蒙波斯支流仍是唯一通往那些城镇的路线。西班牙殖民者曾经利用它从海岸进入哥伦比亚内陆,蒙波斯城因此得以建立,并在随后的几年中因为金银贸易而逐渐富裕起来。生意跟随着财富而来,河流里漂满了独木舟、木筏,以及 19 世纪开始出现的蒸汽船。三层楼高的蒸汽船是马格达莱纳河的新黄金,它们有高耸的烟囱,乘客们在甲板上享受着餐厅提供的美食、各式糕点,管弦乐队一直演奏到天明。从首都到海岸,这段旅程可能需要数周,蒙波斯是重要的中途站。停靠在这里,乘客们可以在夜间休息,船只可以加油并获得补给。

有些人通过马格达莱纳河来到蒙波斯,便再未离开。19 世纪末和 20 世纪初，蒙波斯见证了一波寻求发财机会的中东移民潮。作为信奉基督教和犹太教的少数群体，为了逃离在奥斯曼帝国伊斯兰教统治下的宗教迫害，拥有 Hazbun（哈兹本）、El-Hadwe（哈德威）和 Abuabara（阿布巴拉）这些姓氏的家族从黎凡特（Levant）地区来到蒙波斯。因为持有奥斯曼土耳其护照（请记住蒙波斯的"土耳其人之街"），这些人被错误地甚至带有贬义地称为"turcos（土耳其人）"。他们在这一时期定居在整个拉丁美洲——事实上，我的曾祖父母，曾是叙利亚拥有几百年历史的犹太社区的一员。他们在 20 世纪初逃往布宜诺斯艾利斯。不难想象，我的祖先最先抵达的是哥伦比亚而不是阿根廷。我想象着我的曾祖父是作为旅行推销员，在马格达莱纳河上乘船而来，而不是骑马颠簸在南安第斯山山脊上。

无论是在布宜诺斯艾利斯、巴拿马城还是蒙波斯，"土耳其人"在他们到达的每一个地方都做起了类似于在丝绸之路早期为他们带来巨大成功的纺织生意：从建立跨国纺织公司到流动推销再到从地板到天花板都摆满五颜六色床单和布料的小店。93 岁的法里德·哈利勒（Faride Khalilieh）在蒙波斯经营着一家纺织品店，这是该城仅剩不多的这类店铺。她和她的儿子埃迪（Eddie）出售床单、裤子、内衣和鞋子；她的父亲伊里斯·哈利勒（Yiris Khalilieh）来自靠近伯利恒（Bethlehem）的巴勒斯坦基督教小镇拜特贾拉（Beit Jala）。1919 年，他乘坐蒸汽船抵达蒙波斯。在这条街的角落里，有一家小店出售 kibbe burghul——一种用调过味的碎肉、洋葱、松子和碾碎的小麦油炸制成的球状食品——以及黎凡特地区受欢迎的其他菜肴。德国人和其他欧洲国家人员的涌入，伴随着中东人的到来，使得当地人和新移民在河上和沿河城镇内形成了一种充满活力的商业和交通氛围。

在 20 世纪 40 年代至 50 年代，年轻的西蒙·比利亚努埃瓦经常去守候停靠的蒸汽船，向下船的乘客推销他的珠宝。他记得那个时候，船只每周一开往上游，每周三开往下游。他的客户都很奢侈，他们身穿白色西装，在穿梭于波哥大和海岸之间的宏伟轮船上享用着葡萄酒。1946年，18岁的他带着他的珠宝工作台和一些生活用品登上了一艘蒸汽船，前往海滨城市巴兰基亚，期望着在那里有更美好的生活。然而，在大城市的美好愿景最终变成了一场巨大的幻影。在苦苦挣扎了几年之后，他意识到蒙波斯才是他的归宿。离开家乡5年后，他回到了蒙波斯。在同一年即1951年，他结了婚，与妻子搬进了他们此后一直居住的房子。

碰巧的是，这些乘客竟然成为到蒙波斯的最后一批：20世纪60年代和70年代的泥沙沉积和其他环境变化导致马格达莱纳河支流网络偏离蒙波斯。蒙波斯这段支流变窄并逐渐干涸，而另一条支流涌现在更远的地方，成为了马格达莱纳河的主支流。远离机场，并且至今也无法与大多数主要交通干道相连，蒙波斯突然失去了与整个国家的联系，只剩下一条狭窄的水道，现在看起来更像是一条浅溪而非南美洲最伟大河流之一的支流。然而，在某种程度上，发生这种变化的时间点刚好使蒙波斯免受战争的侵蚀——随着国家日益陷入瘫痪，蒙波斯相对地与暴力隔离开来。如果它仍然是一个有战略意义的重要港口，情况肯定会不同，它可能会遭到破坏。相反，在将近50年的时间里，似乎没人进来，也没人离开。

如今，这里的每个人，每座建筑都让人不禁想起往昔岁月。我花了许多日夜在蒙波斯漫步，感受它宁静的街巷和悠闲的河边咖啡馆，丰富的新鲜水果从路旁的树上倾泻而下。每天下午，商店都会关门。人们会在炎热的午后休憩，街道只有在太阳下山后才重新热闹起来。有时，在这休息的时光里，一些家庭会邀请我进去喝一杯咖啡或一杯清爽冰凉的椰子汁，我们躺在吊床上或坐在摇椅上一边喝一边聊天。他们的家宏伟而庄重——狭长而通风的走廊环绕着矩形的庭院，院子里的棕榈树和开花植物错落有致地摆放在石子铺设的地面上——院子由高大的木门守卫着，只有沉重的黑色钥匙才能打开。许多人都是几个世纪前的商人和贵族的后代。甚至有人告诉我，他们是被称为"侯爵"的西班牙贵族的后裔，靠着祖先的财富生活在临河的仆从众多的豪宅中。

除了传奇的老城区，蒙波斯还有另一面。穿过沥青铺设的街道，远离马格达莱纳河，就可以到达像巴里奥法科林塞（Barrio Faciolince）这样贫困的郊区——大多数游客可能不会前往。那里的房屋小而破旧，暴雨之后，土路几乎无法通行。这里住着蒙波斯原住民的后裔，比如一位名叫萨穆埃尔·马莫尔·比利亚（Samuel Mármol Villa）的 65 岁木匠，他更为人们所熟知的名字是唐阿文迪奥（Don Abundio）——一位第三代民俗学家，致力于通过音乐和舞蹈来保护加勒比海岸古老的非洲和原住民传统。"我们的文化是一种两栖文化。"他说道，并向我展示了他收藏的木制长笛、手工鼓和手工动物面具，面具上的图案描绘了曾经在周围的森林和湿地中生活的丰富物种。"我们做的一切几乎都与马格达莱纳河有关——这条河成就了这个国家，但如果河流的状况继续恶化，它也将毁灭这个国家。"就像它已经遗忘了蒙波斯一样。

然而，蒙波斯，尽管孤寂，却实在是一个神奇的地方——无论谁听说我要去那里，都会这样说。很多时候，这个小城都让人感觉：如果真有一个被上帝触摸过的地方，那一定是蒙波斯。每天晚上，仿佛依照时间表，成群的蝙蝠飞临昏暗的街道和灯火通明的广场，在 16 世纪的教堂敞开的大门处飞进飞出，穿过宏伟的西班牙殖民时期建造的房屋的拱门。白日的蓝

143

天被云层取代，云层像军队一样滚滚而至，带来轻柔的夜间微风，远处无声的闪电点亮了这年轻的夜晚。这里的人们很长寿，每个人都是如此，甚至在八九十岁时仍然矍铄康健。老年人看起来总是比他们的实际年龄年轻，他们夜晚坐在家门口的台阶上，摇动扇子驱赶蚊虫，与路过的人聊天，包括我这样的游客。像唐阿文迪奥这样的音乐家偶尔出现在广场上，就会引领着大家跳起即兴的宫廷舞蹈。在这个小镇上，音乐家并不少见。

―――――

"一个没有记忆的工匠，他唯一的梦想是将他那些小金鱼一一遗忘，并在痛苦和疲惫中死去。"加西亚·马尔克斯在《百年孤独》中写道。这部小说的背景设在虚构的城镇马孔多，镇上有土耳其街、流浪商贩和会金银丝工艺的金匠，有人认为马孔多的原型正是蒙波斯。哥伦比亚的许多加勒比海小城都喜欢把这份荣耀归属自己名下，包括加西亚·马尔克斯的出生地阿拉卡塔卡（Aracataca）。但最让人信服的猜测还是蒙波斯。在故事中，一个叫奥雷里亚诺·布恩迪亚上校的男人在工作台上度过了他人生的最后时光。他用金银丝工艺精心塑造出小小的金鱼，又将他的创作熔化再重新制作，一次又一次，陷入无法摆脱的孤独和痴迷的循环中。

顾客稀少的现状从未让西蒙·比利亚努埃瓦停止制作出更多金银丝工艺的作品。每一天，他将它们放置到展柜中，一件又一件，就像水滴入桶里。他认为自己更像是一名工程师而不是珠宝商。当我问他金银丝工艺是否会成为一种逐渐消失的艺术形式时，他告诉我："永远不会，只要有新设计，金银丝工艺就永远不会过时。"我很好奇的是他制作出那么多的珠宝，却无人问津，他靠什么养家糊口呢。他的创作——令人眼花缭乱的小鱼、墨西哥斗篷、花朵——堆积在玻璃橱柜里。但是一直以来，这位大师级珠宝匠都在不停地工作，总是以相同的节奏编织、卷曲和焊接，给予每一件作品同样的关注和热情，然后再继续创作下一件作品。他根本没有别的更想做的事情。为了留作纪念，我购买了一套据他说是在前一天制作的精美镀金小鱼。他向我收取的费用不到八美元，相当于四顿午餐的钱。

西蒙的家远离那些有着高挑大门和天花板的殖民时期的豪宅，距离马格达莱纳河有几个街区。和这个地区的许多其他房屋一样，他的房子色彩艳丽，有几扇朝向街道的窗户，黄色的木制百叶窗敞开着，让任何一丝微风都有机会吹进来，以减轻屋内的闷热。他六岁的孙女每天都在爷爷放在小门廊上的工作台旁跑来跑去，此情此景让我想起了德尔芬·博雷罗和他的独木舟。在拜访的第一天，我透过一扇窗户，看到另一个金银丝工艺工作台，安放在一个布满灰尘的昏暗卧室里。一根细细的金属管吊着一只灯泡，照亮了西蒙的另一个孙子——一个叫路易斯·爱德华多·比利亚努埃瓦（Luis Eduardo Villanueva）的年轻人——和他的工作台，台上散落着几只新完成的三叶草耳环。

"这是一种传统，"路易斯·爱德华多告诉我，"我从小就开始学。做这份工作是发自内心，而不是为了钱。我父亲做，我的叔叔、堂兄弟也做。"

"我教给他们，他们又继续实践，这让我感到欣慰。"西蒙谈到他的儿子和孙子时说，"他们也在教别人。这就是珠宝技艺的传承，每个人都在教导下一代——就像他们说的，首先你是儿子，接着你是父亲。"

在填充完他最新设计的珠宝轮廓——一朵带有弯曲球茎的花朵之后，西蒙在整个作品上撒上一层银粉，以增强它的光泽度。这个作品直径不超过一英寸。他把它放在一块光滑的石头上，拿出一个简单而小巧的焊接器，用它来将填充物和轮廓合在一起，创造出一朵看起来像是用银网制成的花。

在用火焰烧了几秒钟后,花朵保持着一种红色、余烬未灭的光芒。趁着还柔软,西蒙把它放进一个光滑的研钵中,用石研杵轻轻地敲打。这使得花瓣向上弯曲,花朵仿佛立刻被赋予了生命。完成后,他用粗大的手指捡起这个微小的物体,仔细检查着。"我没想到会是这个样子。"珠宝师西蒙说,对他的新创作感到惊喜。"不过,现在看来,我很喜欢它。"

11. 驴背上的图书馆

路易斯·索里亚诺（Luis Soriano）出生时是个早产儿，以至于当他来到这个世界时，所有人都认为他活不长久。1972年，他出生于马格达莱纳省的拉格洛里亚村（La Gloria），并在那里长大。他的父亲是一名牧场主，母亲在路边卖水果和牛奶。他们是辛勤工作的农民，但却一直向他们众多的孩子强调，教育比其他一切都重要。

路易斯在马格达莱纳河谷那绵延起伏的田野间玩耍着长大。拉格洛里亚村位于远离马格达莱纳河的内陆，距离河流单程一个小时的路程。但河流对这个村庄产生了巨大的影响：事实上，它是在河运黄金时代建成的。当时前往蒙波斯和帕拉图等河港的旅行者必然会在拉格洛里亚村停留，等待换乘别的交通工具。农民也可以在此地轻松找到船只将农产品远运至哥伦比亚各地。村里的人说，马格达莱纳河仍然决定着附近低地的降雨量，也影响着拉格洛里亚村的旱涝。在旱季，村子对河流的痛苦感同身受。河流的河滩和沙洲上产出丝兰、大蕉、菜豆等加勒比地区饮食所需要的原料。虽然拉格洛里亚村距离最近的加勒比海岸小镇也有大约一百英里，但是村里的居民会告诉你，它千真万确属于加勒比地区。

在农村长大,路易斯从乡间大地学到了城市人永远无法理解的东西。在炎热而潮湿的下午,一行匆匆爬过小径的蚂蚁意味着天空的云层即将消散,强烈的降雨将把空气洗净。在夜晚,青蛙和蟾蜍突然安静下来意味着有个人正在黑暗中慢慢靠近。通过观察鸟类,他了解了一些它们的日常活动,比如小金刚鹦鹉群喜欢在哪棵树上过夜,以及北灌丛霸鹟在白天的哪些时段唱它寂寞的歌。这些是他从小学到的东西,一生都不会忘记。

但是,哥伦比亚在20世纪70年代和80年代不断升级的暴力意味着路易斯不能继续留在乡村。当武装分子和其他犯罪团伙肆虐拉格洛里亚村和周围辽阔的乡间时,路易斯的父母将他和兄弟姐妹送到巴耶杜帕尔(Valledupar)与家族的其他人一起生活。那是一个省会城市。从此,他的生活从在乡间与动物为伴,转移到山谷城市中喧闹且铺满沙砾的街道。

当路易斯完成高中学业返回拉格洛里亚村时,也许是吸纳了生活的经验教训,他决定要成为一名小学教师。他在附近的新格拉纳达(Nueva Granada)的一所农村小学找到了一份工作,教授阅读和写作。与此同时,他完成并取得了马格达莱纳大学的远程学位。

但是,在最初的几年里,没有一个学生能完成家庭作业,也没有一个学生在学业上取得任何进步,所有这些都是因为学生们似乎没有在学习。路易斯为此很自责,他认为自己是个糟糕的老师,他误判了自己的人生目标。为了弄清楚原因,他开始询问学生们的生活学习状况。最后他意识到,许多孩子住在偏远的农场,最近的离学校也有几英里远。每天,他们踩着狭窄泥泞的小路上学,回到家就没法阅读,因为他们没有任何书籍。作为一名教师,他的资源也有限,他决定做唯一能做的事情:把自己的书带给他们。

于是，在1997年的一天，天未亮，他便牵着一头驴，驮着一摞书——仿佛童话故事中的情节，踏上了穿越乡间的旅程。走过几英里崎岖的山路，他来到每个学生的家里，停下来与他们一起阅读，然后借给他们一本书，并告诉他们第二天会过来取回书。如此，每天清晨，在学生去上学之前，他一次又一次地来到他们家里。因为根据他的经验，生活在乡村的家庭会在北灌丛霸鹟的第一声鸣唱和黑暗中公鸡的啼鸣声中起床。20多年过去了，他从未停止过送书上门。"起初，人们只把我看作是一个骑着驴子带着书的几近疯狂的老师。"路易斯喜欢这样说，"当时我并没有意识到，我已经创造了为世界所知的农村流动图书馆——驴背上的图书馆。"

驴背上的图书馆最初只有一头驴子，70本书，书全部都是路易斯自己的。后来他迅速增加了第二头驴子。为了方便运输，路易斯在它们的鞍上安装了木制书架，并给它们起名为阿尔法（Alfa）和贝托（Beto），二者合在一起为"alfabeto"，即西班牙语中"字母"的意思。他开始扩展路线，并让每天的路线不同，以覆盖更多地区的儿童。当深受欢迎的哥伦比亚国家广播员胡安·戈萨（Juan Gossaín）在2003年得知驴背上的图书馆的故事并与他的听众分享了这个故事后，捐赠的书籍从世界各地涌入——如今，路易斯拥有了超过7 000册书。

然而，尽管受到国际关注，驴背上的图书馆仍然是一个小规模的运作。当驴背上的图书馆启程时，路易斯总是独自一人，悄悄地，带着两头忠实的驴子。通常，他在穿越崎岖、偏远的地段时可能数小时都遇不到任何人——在无情的太阳底下，他颠簸地骑行着，艰难地跋涉着。但生活在这些偏远地方的孩子们迫切期待着驴背上的图书馆和他带来的故事。当看到它们从地平线上慢慢出现，他们会睁大眼睛向阿尔法和贝托奔去。也许从这些孩童中，路易斯·索里亚诺看到了一部分的自己。他看到他们能够战胜逆境——因为虽然路易斯已经轻松成为拉格洛里亚村最有名的人，但在他出生时，任何一个人都不会想到，他能像现在这样摆脱窘境，超越自我。

有一个人例外。故事是这样的：路易斯·索里亚诺刚出生时，他的父母请了一位在城里德高望重的老妇人前来查看这个孩子的状况并为他祈福。在小路易斯出生的几分钟后，她走进房间站在他身边，端详着他娇小的身躯，似乎在思考他是否注定能和她一样长寿。几分钟后，她开口了。"这小子不会死，"老妇人说（尽管没人知道她自己是否真的相信），"他会长大成为一名医生，他将拯救整个小镇。"

———

那天早上我们出发晚了，因为路易斯·索里亚诺的摩托车坏了，需要找到一个替代零件。我在公路边找到他时，他正在一个朋友的汽车修理店外弯腰检查他的老雅马哈摩托车。这个修理店实际上不过是一个被几只猫和一个人占据的简陋木棚。

"医生。"那个朋友在几分钟后走出他杂乱的小棚屋后说道。路易斯抬起头。他不是医生，尽管自从他小时候起大家一直称他为"医生"，但他自己并没有太在意。

"你的摩托车已经修好了。"

"谢谢你，朋友。"

我注意到路易斯走路有点瘸，他将修好的摩托车推到路边，示意我跳上车。20世纪40年代，在方圆几公里内新修的唯一一条公路形成的十字路口处，建起了拉格洛里亚村。它是一个交通枢纽，只有两条街道。路易斯骑车只用了30秒，拐过街角，我们就到了一栋没有任何标志的黄色建筑前，对面是一家吵闹的餐馆和一所更吵闹的学校。在这里，他不仅被称为"医生"，还被称为"老师"——这所公立学校是他创办的。他妻子经营着隔壁的餐馆，那里飘来炖菜和油炸肉的香味，男人们在阴凉处喝着冒着气泡的橙汁苏打水。路易斯一言不发地走进他的家里。带着扩音器的人驾驶着皮卡经过，兜售一筐筐酸甜可口的树番茄。沿房子、学校和餐馆所在的路往下走，我看到一副五颜六色的壁画，刻画了一个男人，他牵着两头微笑的毛驴，伸出手臂，向孩子们分发书籍。

壁画上的那个人几分钟后从房子里出来，手里提着两个装满童书的五颜六色的木箱。他把木箱挂在摩托车的后座上，我们再次出发，沿着一开始带我来到拉格洛里亚村的那条路返回。我想知道我们可能要走多远——在从蒙波斯到这里的路上，差不多一个小时的时间里，除了一些或可勉强称之为村庄的、散落在高低起伏的牧场间的农舍外，几乎什么都没有。但这正是路易斯工作的意义所在。这里的空旷程度与马格达莱纳河中游近似，令人印象深刻的是这里大多数定居点的名字都寄托着一种希望。La Esperanza（希望）、El Paraíso（天堂）和 Nuevo Intento（再试一次）是其中的几个。在公路旁的一条土路上行驶了大约一英里后，我们最终在一个叫圣伊莎贝尔（Santa Isabel）的地方停下来，走到一间可以俯瞰一片牧场的小农舍。牧场里养着几十头牛。路易斯说，这是他现在养阿尔法和贝托的地方，因为拉格洛里亚村的路上挤满了卡车和汽车，动物们无法在路边安心吃草。

路易斯一边靠边停车一边朝着农舍喊了一声，一位农场工人应声出来。他身穿一件脏兮兮的哥伦比亚国家足球队球衣，上面骄傲地印有明星前锋拉达梅尔·法尔考（Radamel Falcao）的名字。他戴的帽子上写着"VENEZUELA"（委内瑞拉）。路易斯热情地与他握手拥抱。他们寒暄了一番，最后路易斯注意到了他的帽子。

"等等，你是委内瑞拉人吗？"他问他。

委内瑞拉人尴尬地笑了笑，想要对他可能是100多万个在哥伦比亚寻求庇护的移民之一的事实一笑置之。这个话题他之后也再没提起，但我能感觉到他的尴尬。他领我们去农舍边，在那里，一头驴被拴在树上，茫然地凝视着远方。

"母驴在哪里？"路易斯问道，我意识到拴着的这头驴是贝托。"你能去找它吗？"

"嗯，我不知道……"委内瑞拉人说着。

"只是"，路易斯凑近他，压低声音，以免冒犯那头驴，"这家伙走得太快了。"

委内瑞拉人指着农舍后面的牧场。"它在那边。"他说。我看了看，除了灌木丛、一些树木和几十头静静地吃草的牛外，什么都没有。看不见母驴。

"啊。"路易斯点了点头。想必他看到了我没有看到的东西。

"它在那边？"我问。

"是的，"路易斯回答，"在那边。"他指了指那片辽阔的绿色区域。我眯起眼睛，看到另一头牛。

路易斯回头朝贝托走去，这头驴已经随时待命。"阿尔法离得太远了，"他继续说，"去找它要花很长时间。我们只能靠贝托了。"然后他再次警告道："但你要小心，它走得很快。"

我理解地点点头。"没问题，我喜欢走路，我可以赶上的。"我说。路易斯礼貌地微笑着。

我错了。与贝托并行可能是一个对人类而言相当具有挑战性的任务——并不是因为它走得飞快,而是因为贝托习惯了跟随领导者……任何领导者。通常,路易斯只带阿尔法,或者阿尔法和贝托一起。但是今天,贝托独自出行,走出了它的舒适区。它不习惯当领导,倾向于跟随某人,而那个某人恰好是我。

路易斯把书架套在贝托的鞍座上,骑上它朝较近的一些家庭出发。我只能走在这头驴的前面,因为它会精确地跟随我的脚步,仿佛我是阿尔法或某只大雁妈妈。如果我落后或停下来看什么,它也停下来左右顾盼。如果我试图悄悄地溜到一旁拍照,它会掉转方向,朝我走来——为了获得更好视角,我爬上山坡,它甚至也试图跟来。最终,我猜想路易斯厌倦了这一切,他跳下贝托,用绳子牵着它走,解除了我的领导职责。

我们在路边的一栋房子前停留了几分钟,路易斯在那里放下了一些书。但是孩子们不在,倒是两名男子从屋里出来,走到大门口来迎接我们。路易斯给了这两名男子几本书,并给孩子们提出了具体的读书要求,交流中他提到了每个孩子的名字。他强调这些书籍是借阅的,孩子们应该在他下次过来之前,也就是几天后,看完这些书。他对两名男子说:"好好照顾自己吧,咱们过几天见!"

他们点了点头。"谢谢医生!"其中一名男子说。

看到路易斯走路我感到难过,因为我早些时候注意到的轻微跛行又出现了。对于像他这样一个看起来身材健硕的46岁男子来说,这很奇怪。但我没有问,就像我之前假装没有注意到亚力杭德拉的前臂疤痕一样。在路上的某个时刻,我们碰到了一根横在路中央的大树根,贝托小心翼翼地跨过去。"五年前,我和阿尔法、贝托发生了一次事故。"路易斯对我说。当时,阿尔法被一根像这样的原木绊倒了,路易斯随即从它背上摔了下来,两头驴中的某一头踩到了他身上。"我的右腿裂开,骨头裸露出来,因为伤口严重感染,医生不得不给我截肢。"在一些了解他工作的基金会的资助下,他前往美国佐治亚州和田纳西州进行手术。他微微提起裤腿,向我展示了一条金属义肢。"从那以后,我不能再轻松地爬上驴背。但现在我已经习惯这条义肢。"

路易斯轻柔地讲述着这个故事,就好像在给孩子们读书一样。他总是这样说话。过了一阵,我才回味出这件事情的严重性,才意识到这是他为这份工作付出的代价。

就这样,我们继续走着,百无聊赖,只能行走、聊天和欣赏这片土地。哥伦比亚没有真正的冬季,只有雨季和旱季,这里的一切总是那么翠绿。一群黄色的蝴蝶在路易斯和贝托的前面翻飞,我再次想起《百年孤独》中总是在毛里西奥·巴比洛尼亚(也译为马乌里有·巴比伦)出现之前飞舞的黄色蝴蝶,毛里西奥·巴比洛尼亚是一个代表着在世事艰难中具有一切值得被爱品质的角色。路易斯说,这些蝴蝶原产于马尔克斯长大的马格达莱纳省。它们淡雅柔和的黄色翅膀和路易斯最喜欢的栎铃木(cañaguate)树叶的颜色一样。"做驴背上的图书馆最美妙的事情之一就是你会被自然界吸引而忘我,"路易斯说,"告诉你,我见过最壮观的场景是三百多只鸟在天空飞翔。在路上,你会见到各种颜色的蝴蝶,观察到各种昆虫的行为……"

"有危险时,动物们也会警告你。如果你听到啄木鸟持续的尖叫声,那是因为有人正藏匿起来监视你的行动,或者你周围有反常的事物。啄木鸟就是一个警报器。"

啄木鸟警报器在多年前尤其有用。当时准军事组织肆虐横行，绑架行为持续威胁着人们。犯罪团伙经常射杀哥伦比亚各地的教师，指责他们在课堂上通过左翼教学法培养未来游击队的反叛分子。路易斯是一个引人注目的人物，这对他很不利。在城镇之间旅行，只有在车队中才安全。士兵们无处不在，但强盗也是如此。他们焚烧公共汽车，杀害和折磨牧场主，像拉格洛里亚村这样的小地方都笼罩在白色恐怖之中。多年前，路易斯在乡间骑行时被盗匪劫持后绑在一棵树上，但他们只抢走了一本书。

路易斯给我讲述了一组外国记者来采访他时的情景。他非常害怕，因为那是 2008 年，是哥伦比亚农村历史上安全状况最糟糕的时刻。记者们由几名哥伦比亚军方人员和警察陪同，这些人在记者下榻的酒店周围 24 小时不间断地巡视。"那些都是纯粹的外国人。"路易斯说，然后笑了。他们带来了一名翻译和庞大的摄影设备，十分显眼。尽管没有危险发生，但一整天，路易斯的心脏都在怦怦乱跳。

"这附近现在还危险吗？"我问道。自从小船停靠在埃尔班科以来，我问这个问题的次数越来越少。但那天早上离开蒙波斯的时候，我在出租车上听到广播报道说几名臭名昭著的准军事人员被捕，地点就离我的住地几个街区远。

每当我问某个地方是否危险时，马格达莱纳河沿岸的人们总是开玩笑地说："在这里，最大的危险就是想要留下来。"我不能完全弄清楚这话是否属实。但此时，我们周围几英里范围内好像都没有人，而路易斯的眼中闪烁着一种特殊的光芒，让我愿意相信他。

———

似乎只有我称呼他为路易斯。医生、老师、书驴，他是一个有许多名字的人，而这些名字被在贝雷尼斯·迪亚斯（Berenice Díaz）家等待我们的一大群人交替着使用。经过大约一个小时的步行，我们穿过大草场，来到贝雷尼斯·迪亚斯家。

"他们家没有电。"当我们朝着这座坐落在小山上的房子走去时，路易斯小声对我说。这座房子完全由几根高高竖立的原木支撑着一顶棕榈树叶屋顶构成。

贝雷尼斯·迪亚斯以一种强大的女家长风度示人。这个开阔的小屋是他们的起居室，她坐在摆放其间的一把塑料椅子上主持着这里的一切。起居室四面敞开着，没有任何墙壁或帘子阻挡风或雨（另一个同样大的小屋位置稍远，屋后种有一些茄子、豆子和玉米，我猜那可能是他们睡觉的地方，因为挂了帘子，并且越来越多的人从里面出来）。她的家庭成员中的十几个人——主要是儿子和女儿，孙子和孙女——围坐在她的周围，聊着天。一个吊床悬挂在支撑屋顶的两根原木之间，一名男子在上面打着瞌睡；一条棕白相间的狗静静地躺在坚硬的泥土地上，同时哺乳着五个幼崽。贝雷尼斯的丈夫，看起来比她老得多，给路易斯和我倒了几杯甜咖啡。咖啡是在一个大的简陋棚屋里用烧木材的炉子烹煮的，加了新鲜甘蔗汁。我能尝出咖啡的烟熏味。

"第一次听说有一个驴背上的流动图书馆时，我们都笑了。"贝雷尼斯的一个成年儿子说，"直到我们看到路易斯背着一摞书、笔记本和钢笔出现在这条路上。孩子们全都聚集在他身边，黏着他。"

"当胡安·戈萨在广播中报道他的新闻时，我们也笑了，因为我们已经在这里近距离看到了所有这一切，"贝雷尼斯补充说，"我说：'医生就在那里，他正在波哥大收集书籍带回来给我们。'"

"这一切都很美好,"我说,"但孩子们在哪里?"

"我去叫他们来。"一个女人说着站了起来。几分钟后,一个男孩和一个女孩从另一间小屋后面出来。女孩抱着一个名叫霍苏埃(Josué)的六个月大的婴儿。当他们注意到站在树下阴凉处等着跟随路易斯的贝托时,他们跑到了贝托跟前。

"你们想读书吗?"路易斯问。

"想!"12岁的女孩热情地回答。那个看起来大约10岁的男孩默默地点了点头。

路易斯拿出一本书,名字叫《世界上最伤人的事》(*La cosa que más duele del mundo*)。路易斯在找书的时候大声说道:"因为在这个世界上总得有点痛苦,对吧?"孩子们对此没有说什么。

"从前,有一条鬣狗和一只野兔沿着同一条河走到了一起。于是,他们决定一起去钓鱼。"路易斯用西班牙语给孩子们读着,他们专心听着每个字:"当他们在钓鱼时,野兔问鬣狗:'你知道世界上最伤人的事是什么吗?'

'大象踩脚。'鬣狗回答。

'不是!'野兔说。

'牙疼。'

'也不是!'野兔再次说。

'被黄蜂蜇!'

'还是不对!'

鬣狗厌倦了这个游戏,说:'我放弃!'

'世界上最伤人的事是撒谎。'野兔回答。"

故事继续着,可六个月大的霍苏埃很快失去了兴趣,开始吮吸着拇指。

男孩和女孩却被深深地吸引了——特别是那个安静的男孩，他的眼睛盯着路易斯，默默地入了迷。贝托耐心地站在他们旁边。

路易斯抑扬顿挫地大声朗读着，他的声音缓慢而平和，带着音乐般的节奏——不亚于我曾经的任何老师。一想到现在马格达莱纳省有将近20个驴背流动图书馆，在任何时间里，他们都有可能在完成着这样的使命，我倍感欣慰。2000年，通过以他的名义成立的非营利组织"驴背上的图书馆基金会"（Fundación Biblioburro）的资助，路易斯终于能够在与阿尔法和贝托相伴的三年之后，开办拉格洛里亚村的第一所小学和永久的公共图书馆。图书馆内设有计算机、平板电视，并堆满了来自世界各地的书籍。然后他在一个偏远的村庄建立了第二所学校，接着是第三所、第四所。基金会本身已成为一个省级企业，计划推出两个新计划，一个名为"数字图书馆"（为农村地区的儿童提供笔记本电脑、平板电脑和其他技术），另一个名为"超赞图书馆"（教儿童学英语）。

后来，我还了解到，驴背上的图书馆不仅帮助了孩子们，也使路易斯成为了一位更好的阅读者："起初，我只能真正读懂儿童书籍，但现在我喜欢读深奥的文学书籍——哥伦比亚文学、战后文学——这些书籍让我思考一些更深奥的话题，并且通过讲述，我可以更好地理解其中的奥义。"多年来，他收到的数千份捐赠填满了他的书架，从《世界上最伤人的事》到加西亚·马尔克斯的《百年孤独》和托尼·莫里森（Toni Morrison）的《家园》（Home）。

───────

我们在棕榈叶下与贝雷尼斯和她的家人共度了几个小时。午餐时间临近，其他几个孩子陆续从地里慢慢走了进来，加入了那个高个子的女孩、那个害羞的男孩和仍在吮吸着拇指的六个月大的霍苏埃。路易斯知道所有孩子的名字。他们在路易斯周围围成一个圈，他接着又大声读了几本书。地板上的那条狗继续默默地哺乳它的小狗，厨房里持续冒出灰色的烟。此时，路易斯鼓励年长的孩子给其他孩子读书。一个女孩羞怯地站了出来，她读了一页，获得了成年人的欢呼和鼓掌，然后红着脸把书还给了路易斯。

"我很满足，很幸福，"路易斯后来告诉我，"我的父母也为我骄傲。"他的父母强调教育胜过一切，现在他们年迈了——母亲82岁，父亲86岁。他们看着儿子长大，挣脱了从出生那一刻就背负起的种种厄运。路易斯·索里亚诺不是一个只想着自己的人。他关注他周围的每个人和每件事：从阅读的孩子到负重而行的阿尔法和贝托；从北灌丛霸鹟的鸣唱到加西亚·马尔克斯的黄蝴蝶，它们让他想起他最喜欢的栎铃木的美丽树叶。

我们差不多该回去了。在来的路上，汗水把我们的衬衫湿透了。此时，太阳正慢慢地向高空爬升。我正在和刚从吊床上醒来的那个男人聊天，而路易斯收拾着东西。他抬起头，拍了拍我的肩膀，示意我不要大惊小怪，然后指着离我们几英尺远的那个害羞的男孩。他独自坐在一把对他来说太大的塑料椅子的边缘，手里拿着一本名为《苍蝇》(*La mosca*)的书，嘴里喃喃自语着刚刚路易斯大声朗读的一段文字。"'伟大的日子到了，'苍蝇说，"他安静地自言自语，"'是时候洗个澡了……'"驴背上的图书馆的美妙之处——我们此时目睹的——正是当年路易斯成为一名教师时在学校的孩子身上见不到的：这个男孩，内向且对自己的能力信心不足，居然能鼓起勇气拿起一本书开始阅读。

12. 灰烬之口

在这个防波堤修建之前,巴兰基亚没有可以眺望大海的地方。

这里曾经有一个三角洲,就像密西西比河或尼罗河的三角洲一样——是由上游漂来的碎石土、树干和船只残骸组成的。这是马格达莱纳河在将自己注入海洋之前的最后挣扎:在这个地方,在任何时候,人们都可以找到一些关于上游发生的最新事件的线索——被砍伐的树木、战争的受害者——统统都被这条永恒的河流记录、保存并呈现在所有人面前。但没有人过多关注这个三角洲形成的原因。人们最关心的只是因为三角洲的阻隔,船只不能直接到达巴兰基亚。相反,它们必须沿着海岸线向西开 100 英里,取道哥伦比亚港(Puerto Colombia),才能上岸。货物和乘客在哥伦比亚港转移上火车,运送到巴兰基亚,再从巴兰基亚登上马格达莱纳河上的蒸汽船。

在 20 世纪 30 年代,人们修建了大型防波堤来引流河水,这样船只就能够直接从海上进入这个国家。工人们从巴兰基亚郊区铺设了一条铁轨,一直延伸到防波堤的起点,用一辆货运列车运输用于建造防波堤的巨大卵石。随着防波堤不断延长(两英里、三英里、四英里、五英里),小火车轨道也一直铺设到防波堤的尽头。整个工程在1936年完工，成千上万的巨大卵石和石块堆积了五英里的长度。如今，防波堤上布满了小屋和其他小型建筑，人们在那里勉力居住。我仍然很难理解，为什么这样一座石头堆能够突然改变一条河流甚至海洋的流向，而且自身还能岿然不动。

———

如今，开往防波堤的小火车要从拉斯弗洛雷斯（Las Flores）出发。它是巴兰基亚北部阳光明媚的小渔村，村里有沙土小巷和色彩斑斓的房屋。小火车让我想起了大力士版的铁轨摩托车：一辆独立的车，可以随意抬离和抬回铁轨——这项任务不是由一个人，而是由五六个人来共同完成。巴兰基亚的小火车用六个铁轮支撑起一个金属平台，大约一辆小型越野车的大小，平台上面对面摆放着长凳。小火车和大多数木制独木舟一样，使用一种链条发动机。司机拉动链条后，在最佳状态下，这个装置的速度可达到每小时12英里。但通常情况下，它只是缓慢行驶。是的，小火车比铁轨摩托车大，但坐在上面，没有那种刺激的体验感。

"这东西挺吓人的。"赫尔曼·洛萨诺（Germán Lozano）更喜欢船而不是临时替代的火车。他是巴兰基亚西蒙·玻利瓦尔大学（Universidad Simón Bolívar）的一名海洋生物学家，也是一位我通过朋友认识的朋友。这次他提出陪我一同前来拉斯弗洛雷斯。因为这里被认为是哥伦比亚最著名的景点之一，他还带上了他的家人——身为渔业管理工作者的妻子奥内达·瓜迪奥拉（Oneida Guardiola），还有他两个十几岁的女儿。尽管从具备的专业知识来看，他们算得上是我的同行，但外表上他们看起来更像是我的父母。赫尔曼是一位完美的父亲，他穿着宽松的工装裤，戴着大号运动太阳镜，对今天的冒险很是兴奋。奥内达递给我防晒霜。他们的女儿似乎对我们在正午时分乘坐小火车颇为不满,抱怨说一旦走到户外,加勒比海的烈日就会把我们活活烤死。

宽阔的马格达莱纳河呈现出浅灰色。此时此地的它几乎算得上是海洋了。火车从一家位于河边的小餐厅门前启程,朝着正北方驶向防波堤。有一段时间,因为左侧全是树林,我们只能看到右侧的河流。河对岸的景色很美,棕榈树在微风中摇曳,简直风景如画。我们沿途路过了许多正在垂钓的渔民,其中一些人使用长树枝作为钓鱼竿,另一些人则使用缠绕在破旧塑料瓶上的线卷钓鱼。我想起了在科科尔纳站那个12岁男孩格雷戈里,他的线轴既用于钓鱼,又用于放风筝。许多长驳船停靠在防波堤上,船上装载着挖掘机和其他建筑机器。我暗自想到:它们中的一艘是否很快就会启航,船长阿尔瓦罗·古洛索是否会透过他的小快艇的窗户看到这艘驳船停在加马拉或比哈瓜尔附近的沙堤上。

当我们到达防波堤的起点时,火车颠簸了一下。在卫星定位系统上看,我们就像漂浮在海上一样,因为理论上这里不应该有任何陆地了。然而,我们继续沿着建在岩石床上的铁轨前行。有时,火车车厢几乎和防波堤的宽度一样。在我们左侧,先前茂密的树木消失了,取而代之的是干枯的红树林,而后,红树林又让位给了波光粼粼、碧蓝深邃的加勒比海。起初,我们经过一个半封闭的海湾,人们在平静的海水中游泳消遣。最后,火车开到了沙洲的尽头,就在我们的身旁,海水汹涌而来,终于释放出它的威力。

我并不是暗示海水比河水更汹涌。在铁轨的两侧,有两种不同类型的激烈动荡:在朝海的一侧,是一种更有组织的暴力,滔天的弧形蓝色波浪有节奏地拍打着防波堤上的岩石;在马格达莱纳河的一侧,是彻底的混乱,波涛汹涌的水流在靠近最终目的地时似乎朝着每一个可能的方向流动。这是一个壮观的景象,两股水体轰鸣着相遇,一股是深邃而诱人的蓝色,另一股是暴风雨般的苍灰。一想到它们最终汇合的样子,我就有些紧张。

————

渔民们住在防波堤上。在几乎一英里的路程中什么也没有,除了几个向游客售卖水和薯片的小摊子。我们去拜访渔民的家,他们住在由碎木和黑色防水布搭成的小屋里。小屋排成一排,一直延伸到防波堤的尽头。

"看他的衬衫,"渔业专家奥内达对我低声说,"那个男人穿了一件又白又漂亮的新衬衫。"我回头看向她手指的方向,一个胖胖的男子,穿着一件整洁的带领子的polo衫,手里拿着一根装有闪亮卷线轮的钓鱼竿。

"他们是游客,"她继续说道,"从他们的衣着和装备就可以看出,他们钓鱼是为了好玩儿。你再看看那里。"她指着一群皮肤黝黑、衣衫褴褛的年轻男子。他们在一片有很多鸟类觅食的海域钓鱼,不断地拉起一条又一条的鱼。而就在离他们仅仅几码远的地方,另一名男子面前的海面上没有任何鸟的踪迹,他一无所获。

火车在轨道的尽头停下,停靠处的旁边是一座圣母玛利亚雕像,俯瞰着前方防波堤剩余的部分。我们下了车。接下来,将用一个小时的时间沿着滑溜的岩石和木板攀爬到防波堤的尽头。

"乔丹。"赫尔曼招呼我走向前方的一个木制棚屋,"在这里生活的人们几近与世隔绝,可渔民却以他们的能工巧手而闻名。"

奥内达进一步解释道:"渔民们可以用风筝钓鱼。"这对夫妇在城里的渔民协会会议上认识了一个人,他被誉为"哥伦比亚风筝垂钓之父"。他们想介绍我认识他。

这个人名叫庞皮略·鲁伊斯（Pompilio Ruiz）。他从家里走出来时，手里拿着一只风筝和一大卷渔线。他50多岁，赤裸着上身，日晒和咸湿的空气让他的皮肤脱落，卷曲的黑发被风吹得凌乱。

这只风筝完全由竹子和顺着河水漂流并最终搁浅到岩石上的塑料袋制成。它远不及科科尔纳站的阿尔瓦里托制作的任何一只风筝复杂。但令人难以置信的是，庞皮略利用强劲的海风迅速将它升到空中。一分钟后，它便飞行了数百英尺，耗尽了所有的线。接着，他迅速采取了至关重要的一步操作：把风筝线的末端接到一大卷渔线的开头，鱼线缠在一个装了三分之一瓶水的塑料瓶上。"这是为了让鱼钩保持在水中。"他解释说。但直到我看到他接下来的动作，仍然不明白其中的奥秘。

他放手让塑料瓶被风筝带着飞起来。因为瓶子向下的重力，使得渔线仍然低垂在水面上。从塑料瓶上垂下七根细线，上面系着挂了鱼饵的鱼钩，坠入海面。这就是庞皮略·鲁伊斯每天早上给海里的鱼儿贡献"祭品"的方式。如果感觉到鱼儿咬钩，他就必须把整个装置（包括风筝）收回来，取下鱼后，再次放飞风筝和整个钓鱼装置。"大海鲢，鲳鱼，鲨鱼……"他细数着他经常能在此地捕捉到的大约十几种海鱼。我想象他从风筝的下方拉拽出一条长度超过我的手臂的礁鲨或大海鲢。这画面几近荒谬离谱。直到几分钟后，我看见另一名手持风筝的男子走过，一条挣扎着但生命迹象越来越弱的三英尺长的银色大海鲢挂在他背包上。

在马格达莱纳河与大海的交汇处，呼啸的风和猛烈的雨日夜肆虐。我想知道在这里的生活是什么样子。庞皮略的房子是一个只有一个房间的小棚屋。泥土地板上散落着混杂着鱼腥味的渔具和各种桶。他有一个小小的木柴炉，一口锅，一张床，床上铺着薄如纸片的床垫和破旧肮脏的床单。

他说今年头几次飓风来临时，他被吓坏了。直到其他人告诉他重建被毁坏的房屋是很容易的事情，他才安心很多。我注意到这里的许多房屋都养着鸡。这里几乎没有女人或孩子。

"男人们生活在这里是为了捕鱼，"奥内达告诉我，"他们的家人则住在其他地方，比如在大陆上的拉斯弗洛雷斯。他们一周中大部分的时间都在这个堤坝上度过，日日捕鱼。"

我问庞皮略为什么大家只在海洋的这一侧钓鱼。

"嗯，有一些淡水鱼会游到这里，但如果它们游得离河口太近，就会死于大海里的咸水，接着被海里的鱼吃掉。"他向我解释道，"所以在这里，我们能捕到一些马格达河鲅脂鲤、一些海鲇。"在一年中的某些月份，比如一月和二月的枯水期，当上游河流水量较少时，这里是最适合钓鱼的。但在其他月份，钓鱼就不容易了——因为洪水会裹挟来大量的垃圾和污染物。

我们又回到了主题上。这里是马格达莱纳河沿途从国内带来的所有垃圾的最终倾倒场。毕竟，它被称为"灰烬之口"——就仿佛与蔓延哥伦比亚国内的战火有关的所有证据又在这里显现。"我们过去经常看到一个接一个的尸体，"一位年长的渔民告诉我，"当习以为常了以后，我们不再报警，而是亲自去防波堤上搬走尸体。"这个防波堤饱受成千上万的塑料瓶和塑料袋堆积之苦，它们被河水冲到岩石上，被遗弃在漫长的时光里等待分解——它们的数量如此之巨，以至于我忍不住认为这个防波堤一半是岩石建造的，一半是垃圾堆积而成的。不过转念一想，至少这里有足够的材料来制作风筝。

在庞皮略的房子附近，我们看到另一名男子从他的小屋中走出来，手里拿着一根沉重的木棍,棍子上缠着一条粗壮的蚺(一类大型的无毒蛇)。这是河流经常带到防波堤上的另一"惊喜"。"它差点咬到我!"这个人喊道。

"蚺不咬人,它们只会缠绕猎物使其窒息而死。"赫尔曼小声对我们说,揭穿了那人的虚张声势,但他也对接下来会发生什么很好奇。

那人狠狠地把蚺甩到石板上,用木棍将其打死,将它的头砸得血肉模糊,它的一颗牙齿还留在岩石上。他骄傲地向另一群游客展示死蛇血淋淋的尸体。最后将其扔回了河中,看起来十分志得意满。

———

我能感受到阳光灼烧着我的脖子和耳后。马格达莱纳河沿岸的炎热似乎永无止境,却又变幻莫测。首先是起伏的安第斯山脉丘陵带来的热浪,伴随着正午而来,随着夜幕而去;然后是低地无法逃脱的来自沼泽的热气,永远悬浮在大地上空;现在,热浪带着咸味,夹杂着水花和疾风刺痛着人的皮肤。

女孩们不想去离庞皮略的房子更远的地方,于是赫尔曼和奥内达决定和两个女儿留在原地。我往前看了下,在我和前方海角之间有大约半英里的距离。那里有一座信号塔,巍然耸立在大海的一侧。走到沙土小道的尽头之后,我将不得不匍匐前行,接着踩着海边的岩石跳跃前行,岩石之下就是汩汩潮水。赫尔曼一家向我挥手告别。我深吸一口气:我在哥伦比亚的沿马格达莱纳河旅行中,这是第一次没有朋友等待在目的地。现在,我孤身一人了。

我回想起阿贝利塔·安娜——桑德拉在卡利的祖母,那是我这次旅行的第一站。我回想起圣阿古斯丁的路易斯·曼努埃尔·萨拉曼卡,吉拉尔多特的特蕾莎夫人和费利佩·奥尔蒂斯,以及科科尔纳站的伊莎贝尔·罗梅罗一家，还有在小船上与我共度六小时的亚力杭德拉·马约尔卡，以及拉格洛里亚村的路易斯·索里亚诺。尽管我是独自旅行，但由于机缘巧合，我在哥伦比亚几乎从来不是一个人：每一次相遇都引导我走向下一个相遇，这一切都始于一位生活中充满音乐的女人所弹奏的悠长浪漫的钢琴旋律。我也开始思考我的祖先，那些漂泊的商人们可能也曾经像我一样，发现他们在旅途中对当地的一切既陌生又与之紧密相连——我想象着他们可能在哪里停留，可能看到什么，以及他们经历中的哪一部分通过几代人遗传给了我。以这种方式旅行，彼此交换故事，不可避免地是一次选择之旅——但我并没有因为听到某个声音，而忽略其他的声音。我选择的每个地方和我遇到的每个人都将不可磨灭地影响我接下来会去哪里。

我开始向前走去。十分钟……二十分钟……三十分钟。那座隐约可见的信号塔似乎一直没有变得更近，但风势逐渐加大。有时我不得不用手遮挡眼睛。风刮得太猛烈了，我束手无策，眼泪开始顺着我的脸颊流下。安第斯山脉高地的唐娜胡安娜的不祥预言在我耳边回响：马格达莱纳湖被施了魔法，对拜访者永远充满敌意。多年来，这个预言一直被证明是千真万确的，这敌意不仅仅是在马格达莱纳河的源头，而且一直延伸到这条宏伟河流的尽头。现在，事情并不那么简单。

虽然已经签署了和平协议，但哥伦比亚与自己还没有和解——这一点从沿着其最伟大河流的旅行中可以看出。这条河流无法确定一种颜色，因为它连接着沿途不断变化的风景和人物，并在其自身的湍流中激荡着，流出这个非常美丽、却背负着重担和矛盾冲突的国家。还有很多的工作有待完成，去减轻战争遗留的痛苦：人们需要去哀悼被屠杀的革命人士；很多家庭仍然被持续的暴力弄得流离失所；很多物种因不断加剧的环境恶化而正在消失。与此同时,科学在进步,最偏远、最薄弱的地区有了更加完善的教育和社会服务,那些曾经被长久边缘化的社区,正朝着获得正义的道路前行。

一座信号塔标志着河流的终点,也标志着我的旅程的终结。这在某种程度上让我感到不安。但也感觉适宜。这是一种对期望的颠覆——毕竟,我见识了一个不太寻常的国家,它让我能在山区找到巨石雕像,在镇上的鹅卵石街道寻找到彩色的独木舟和金银丝工艺珠宝匠。

塑料瓶形成一道厚厚的屏障,我必须扒开它们才能在岩石上找到抓握的地方。只有最顽强的游客才能走到防波堤的尽头。这里没人居住,但很多迹象都表明有些人来这里钓鱼。细小的鱼骨散落在岩石上,上面落满了昔日被捕获的鱼脱落的鳞片。我不知道渔夫卖了多少鱼,自己又吃了多少。我回头看看是否有人可以询问。但离我最近的人看起来也只有我的拇指那么大。我再次朝前看去。

一艘货船正从大海驶向马格达莱纳河的河口,它运载的货物即将开启漫长的驶向马格达莱纳河上游之旅。我用尽所有力气跑过那座信号塔,跳到倒数第二块巨石上,终于看到了我想要见证的壮观景象。我坐在那里,因为风势太强,无法站立。防波堤的尽头相当壮观——灰暗的河水与蔚蓝的大海猛烈碰撞,其激烈程度可以与世界上最著名的沉船故事中汹涌的波涛相媲美。海浪高达十英尺,这场河海交汇的激烈冲突使水面呈现出一种独特的褐色,我见过这种颜色,它是一种生锈的褐色,既像咖啡的颜色,又像一种暗淡的金色——一种没有光泽或没被抛光的金色,但仍然是金色。

我面前的最后一块岩石,是海洋与我之间的最后一道屏障。石头上孤零零地坐着一个渔夫。他戴着一顶宽边帽,脖子上系着一条围巾,以免受阳光的照射。他穿着一件带领子的衬衫和一双黑色的橡胶靴。他避开了眼前海河交汇冲击起的浪花，对来自四面八方的混乱水流漠不关心，只专注于一件事：他的风筝——他正在用它来钓鱼。他伸直的手中，拿着一个旧的塑料瓶，上面卷着的线从他手中直直地升上了天空。尽管他的眼睛被太阳镜遮住，但可以猜到他的目光专注于天空中闪烁跳舞的风筝。我也转身去面对着风筝。这时我注意到，虽然这个人是孤独的，但他的风筝却不是：它旁边飞舞着另外八只风筝。风筝的线分别连接到防波堤其他地方的独行者，也许他们之间相隔数英里。

风筝在海与河的壮丽交汇处舞动，也舞动在哥伦比亚边境的每个人头顶之上。当我转过身开始往回走时，它们没有落下；当我们到达小火车站，随着小火车驶离，风筝渐渐淡出视线时，它们也没有落下。我喜欢想象它们现在仍然在那里，在马格达莱纳河与加勒比海交汇的上空，舞动着。

致谢

这本书的问世离不开许多人的辛勤工作和慷慨付出。我坚定不移的支持者——我的经纪人——安德鲁·布劳纳（Andrew Blauner），多年前冒险选择了我，从那时起一直对我充满信心。同时，我非常幸运能与梅加·马宗达（Megha Majumdar）这样杰出的编辑合作，她深思熟虑的反馈和对"旅行文学是可以产生共鸣和带来改变的载体"的热情，从多个方面深刻地影响了这部作品的创作。没有安德鲁和梅加，我无法想象我能完成这部作品。我对他们心怀感激。

与 Catapult 团队的合作是一段美妙的经历。感谢莱克茜·厄尔（Lexi Earle）设计出史诗般壮美的封面，感谢乔丹·科卢赫（Jordan Koluch）完美的内文设计，感谢伊萨·沃伊切霍夫斯卡（Iza Wojciechowska）精准的文字编辑，感谢蕾切尔·费斯莱瑟（Rachel Fershleiser）和阿莉莎·戈德（Alisha Gorder）将这个故事带给读者的热情和决心。

这个项目启动时，我还是普林斯顿大学的学生且完全没有想到会将这次经历写成一本书。除了获得普林斯顿大学的慷慨资助外，我有幸能够向许多我深深钦佩的作家和教授学习。克里斯蒂娜·李（Christina Lee）支持了这个项目推进的每一步——从它只是一篇非传统论文的想法雏形，到你今天手中拿着的这本书。没有她的指导和智慧，我真不知道该怎么办。我还要感谢达夫妮·卡洛泰（Daphne Kalotay），她鼓励我在故事中发出自己的声音，使它不仅仅是一系列遭遇的集合。比科·耶尔是世界上最令人难以置信的导师，他向我介绍了新的写作、旅行和思考方法，细致入微。约翰·麦克菲（John McPhee）的课程改变了我看待世界的方式。作为一个作家同时也是独立的个体，他帮助我找到我的目标。我将永远努力效仿他，并始终怀着感激和钦佩之情。乔伊丝·卡萝尔·奥茨（Joyce Carol Oates）阅读了早期的章节。事实上，这些是我关于哥伦比亚的第一篇作品。她的鼓励使我坚持了下去。毕业在即，在我的论文答辩期间，吉姆·德怀尔（Jim Dwyer）向我毛遂自荐，并提出将我介绍给我现在的经纪人——他的积极主动改变了我的人生轨迹。阅读吉姆创作的故事，你会发现他的人和他的作品一样优秀。我将永远感激他。普林斯顿大学的许多其他人，包括汤姆·邓恩（Tom Dunne）、杰米·萨克森（Jamie Saxon）、玛丽·凯姆勒（Mary Kemler）、玛戈·布雷斯南（Margo Bresnen）、贝丝·海斯勒（Beth Heisler）以及普林斯顿 ReachOut 团队，他们坚定不移地支持我的工作，我真诚地感谢他们每一位。

在马格达莱纳河沿岸和哥伦比亚各地，我很幸运地结交了许多朋友。我将永远珍视这些友谊。我希望我对那些欢迎我进入他们生活和家园的沿河居民所怀有的深深感激之情能够通过我的文字得以表达。无数的人在幕后默默地支持我，包括哥伦比亚国立大学的费尔南多·查帕罗（Fernando Chaparro）、西蒙·玻利瓦尔大学的温贝托·桑切斯（Humberto Sanchez）、北方大学的凯瑟琳·博尼尔·戈麦斯（Katherine Bonil Gomez）以及使我有机会首次前往哥伦比亚的国际野生生物保护学会的约翰·卡尔韦利（John Calvelli）、朱莉·丘嫩（Julie Kunen）、帕托·萨尔塞多（Pato Salcedo）、帕图·弗朗哥（Patu Franco）。桑德拉·库雷·尤内斯（Sandra Cure Yunez）、米凯·阿莱曼·库雷（Miche Aleman Cure）以及他们整个家庭，给予了我最温暖的友谊并最全面地介绍了哥伦比亚的加勒比海地区。圣阿古斯丁的公共图书馆管理员路易斯·阿尔弗雷多·塞巴略斯（Luis Alfredo Ceballos）是一位杰出的读者、作家和教师，他对历史和文学的热情激励着我前进的每一步。我深切地怀念圣阿古斯丁的路易斯·曼努埃尔·萨拉曼卡、蒙波斯的西蒙·比利亚努埃瓦、卡利的阿贝利塔·安娜，我永远不会忘记他们的善良和温和。

桑德拉·马莱姆·穆尼奥斯将笑声和音乐刻进了我的生命，我感激不尽。

感谢我的朋友，无论离得多远，他们的鼓励永远是我灵感的源泉。特别感谢本·雅各布森（Ben Jacobson）读了无数早期的草稿，并给我深切的关怀和深刻的见解。感谢沿河旅行一年后偶然与我一起乘坐马格达莱纳河上颠簸小船的丹·沙利文（Dan Sullivan），感谢他对我后续研究的支持，感谢他的冒险梦想和永恒的友谊。

感谢我的家人，他们对我的支持和爱是无与伦比的。我的祖父母、伯父、叔叔、姑姑、阿姨为我在美国的生活打下了基础，在我脑海中留下了关于他们走过的世界的记忆；我如今讲着这些故事，是因为他们曾经对我讲过的故事。我的兄弟乔纳森和迈克尔，是我最好的朋友。感谢我的父母，我爱你们所有人。

延伸阅读

Betancourt, Ingrid. *Even Silence Has an End: My Six Years of Captivity in the Colombian Jungle*, New York: Penguin Press, 2010.

Castelblanco-Martínez, D. N., R. A. Moreno-Arias, J. A. Velasco, J. W. Moreno-Bernal, S. Restrepo, E. A. Noguera-Urbano, M. P. Baptiste, L. M. García-Loaiza, and G. Jímenez. "A Hippo in the Room: Predicting the Persistence and Dispersion of an Invasive Mega-vertebrate in Colombia, South America." *Biological Conservation* 253 (January 2021).

Dávalos, Liliana M. "The San Lucas Mountain Range in Colombia: How Much Conservation Is Owed to the Violence?" *Biodiversity and Conservation* 10, no.1 (2001), 69–78.

Davis, Wade. *Magdalena: River of Dreams*. New York: Knopf, 2020.

Drost, Nadja, prod. "N. N. (Ningún nombre)." *Radio Ambulante*, April 17, 2013. Podcast, MP3 audio, 14:11. https://radioambulante.org/audio/nn.

Fals-Borda, Orlando. *Historia doble de la costa*. Bogotá: Carlos Valencia Editores, 1979.

García Márquez, Gabriel. "El río de la vida." *El País* (Madrid), March 24, 1981.

——. *The General in His Labyrinth*. Translated by Edith Grossman. New York: Knopf, 1990.

——. *Love in the Time of Cholera*. Translated by Edith Grossman. New York: Knopf, 1988.

——. *One Hundred Years of Solitude*. Translated by Gregory Rabassa. London: Jonathan Cape, 1970.

Giraldo, Juan Leonel. "Algunas gentes del río." In Noguera Mendoza, *Crónica grande*, 475–482.

Holton, Isaac. *New Granada: Twenty Months in the Andes*. New York: Harper and Brothers, 1857.

Jacobs, Michael. *The Robber of Memories: A River Journey through Colombia*. Berkeley, Calif.:

Counterpoint, 2013.

Karl, Robert. *Forgotten Peace: Reform, Violence, and the Making of Contemporary Colombia.* Oakland: University of California Press, 2017.

Madiedo, Manuel María. "El boga del Magdalena." In Noguera Mendoza, *Crónica grande*, 511–515.

Niles, Blair. *Colombia: Land of Miracles.* New York: Century, 1924.

Noguera Mendoza, Aníbal, ed. *Crónica grande del Río de la Magdalena.* 2 vols. Bogotá: Ediciones Sol y Luz, 1980.

Reichel-Dolmatoff, Gerardo. *Colombia: Ancient People and Places.* London: Thames and Hudson, 1965.

———. *San Agustín: A Culture of Colombia.* London: Thames and Hudson, 1972.

Reyes, Luis Carlos. "Estimating the Causal Effect of Forced Eradication on Coca Cultivation in Colombian Municipalities." *World Development* 61 (September 2014), 70–84.

Rojas Bolaños, Omar Eduardo. *Ejecuciones extrajudiciales en Colombia, 2002–2010: Obediencia ciega en campos de batalla ficticios.* Bogotá: Ediciones USTA, 2017.

Röthlisberger, Ernst, and Miguel Cané. "Un viaje relatado dos veces." In Noguera Mendoza, *Crónica grande*, 187–202.

Suarez, Andrés, Paola Andrea Âias-Arévalo, and Eliana Martínez-Mera. "Environmental Sustainability in Post-conflict Countries: Insights for Rural Colombia." *Environment, Development, and Sustainability* 20, no. 3 (2018), 997–1015.

Theroux, Paul. *The Old Patagonian Express: By Train through the Americas.* New York: Houghton Mifflin, 1979.

van Isschot, Louis. *The Social Origins of Human Rights: Protesting Political Violence in Colombia's Oil Capital, 1919–2010.* Madison: University of Wisconsin Press, 2015.

Vásquez, Juan Gabriel. *The Sound of Things Falling.* Translated by Anne McLean. New York: Riverhead, 2013.

Villamarín Pulido, Luis Alberto. *El ELN por dentro: Historia de la cuadrilla Carlos Alirio Buitrago.* Bogotá: Ediciones El Faraón, 1995.

图书在版编目（CIP）数据

哥伦比亚之旅：行走在马格达莱纳河畔 /（美）乔丹·萨拉马著；王眉译 . --北京：商务印书馆，2025.（远方译丛）. --ISBN 978-7-100-24905-8

Ⅰ. I712.65

中国国家版本馆CIP数据核字第2025UW7357号

权利保留，侵权必究。

远方译丛
哥伦比亚之旅
行走在马格达莱纳河畔

〔美〕乔丹·萨拉马 著

王眉 译

商 务 印 书 馆 出 版
（北京王府井大街36号 邮政编码100710）
商 务 印 书 馆 发 行
北京市十月印刷有限公司印刷
ISBN 978-7-100-24905-8

2025年5月第1版	开本 880×1230 1/32
2025年5月北京第1次印刷	印张 5⅛

定价：48.00元